Ein rabenschwarzer Kieselstein

Was ist schon wirklich?

Minimale Luftdruckschwankungen bringen eine Flüssigkeit in unserem Ohr zum Schwingen. Dadurch bewegen sich winzige Haare, die elektrische Impulse an das Gehirn abgeben. Unser Denkorgan macht daraus eine Symphonie von Beethoven. Elektromagnetische Wellen in einem sehr schmalen Frequenzbereich reizen lichtempfindliche Zellen in unserem Auge und der Computer in unserem Kopf erkennt einen bunten Blumenstrauß.

Aber wie weit können wir unserm Gehirn trauen? Wie wirklich ist das, was unsere kleinen grauen Zellen aus den Signalen, die unsere Sinne aufnehmen, erzeugt? Es wäre doch möglich, dass da draußen, jenseits der kleinen Welt unseres Gehirns, eine weit komplexere Welt existiert. Ein Universum, das sich unserem Verstand entzieht. Theoretische Physiker rechnen heute schon mit weit mehr als drei Dimensionen.

Liebe Leserin, lieber Leser, lassen sie sich mit diesem Buch entführen in eine Welt, in der sich hinter ganz alltäglichen Gegenständen und Lebewesen eine Geschichte verbirgt, die in spannende und manchmal gruselige Abgründe unserer Fantasie hinab reicht.

Ich wünsche Ihnen eine unterhaltsame und spannende Lektüre!

Ihr Reinhold Güthler.

Reinhold A. Güthler

Ein rabenschwarzer Kieselstein

und andere fantastische Geschichten

Bibliografische Information der Deutschen Nationalbibliothek:
Die Deutsche Nationalbibliothek verzeichnet diese Publikation in der Deutschen Nationalbibliografie; detaillierte bibliografische Daten sind im Internet über http://dnb.dnb.de abrufbar.

© *2015 - Reinhold A. Güthler*

Illustrationen: Reinhold A. Güthler

Herstellung und Verlag: BoD – Books on Demand, Norderstedt

ISBN: 978-3-73475-912-3

Inhaltsverzeichnis

Am Lagerfeuer 8

Der geheimnisvolle Fremde 11

Der kalte Fleck 15

Sage oder Wirklichkeit 24

Annemarie und der Weltenbaum 28

Pinkelpause 64

Uralte Wesen..70

Von der Fee zum schwarzen Stein 95

Ein rabenschwarzer Kieselstein...................101

Der Deal..122

Die Ausreißerin und die Vampire 126

Ein nebulöser Abgang 143

Der Autor und seine Werke..........................147

Am Lagerfeuer

Hell züngelten die Flammen des Lagerfeuers in den sternklaren Nachthimmel, welcher erst vor kurzer Zeit das malerische Abendrot abgelöst hatte. Das monotone Zirpen der Grillen und Heuschrecken auf den Wiesen rings umher bildete die typische Geräuschkulisse einer lauen Sommernacht. Unten im Tal schlängelte sich gemächlich ein Fluss durch die Landschaft. Den Hintergrund beherrschte ein Fichtenwald, aus dessen Tiefe die letzte Strophe vom Konzert einer Amsel tönte. Er wirkte wie ein dunkelgrauer Vorhang, dessen Spitzen an den silbern leuchtenden Sternen des nachtblauen Himmels aufgehängt waren. Im Buchenhain westlich vom Lagerplatz stimmte eine Nachtigall ihre Serenade an. Der würzige Duft von frischem Heu legte sich dezent über die idyllische Hochebene.

In einem Halbkreis saßen die Schüler und Schülerinnen einer sechsten Klasse auf Bänken, wie man sie von Bierzelten kennt, um das Feuer. Sie waren kurz vor den Sommerferien mit ihrem Klassenlehrer und dessen Ehefrau, ebenfalls eine Lehrerin, auf einer fünftägigen, naturkundlichen Exkursion. Als Zeltplatz hatten sie sich eine vor kurzem abgeerntete Wiese ausgesucht, die an drei Seiten von Wald begrenzt war. Nur nach Süden konnte man ungehindert in das weite Flusstal blicken.

Am vierten und letzten Abend am Lagerfeuer befand sich jedoch die Begeisterung bei den Schülern auf dem Tiefststand. Gegrillte Steaks und Würstchen hatten ihre Magie verloren, heiße Kartoffeln aus den glühenden Kohlen zu angeln, war langweilig geworden und das Repertoire an Liedern, das der Lehrer auf seiner Gitarre beherrschte, vermochte die Stimmung auch nicht mehr zu retten. Nach dem dritten Mal „Smoke on the water" folgte kein frenetischer Applaus, sondern Friedhofsstille. Es war so still geworden, dass man das Knistern des brennenden Holzes hören konnte. Diese kleinen Wasserdampfexplosionen, die frisches Holz in großer Hitze erzeugte.

Wer genau lauschte, so wie der Lehrer das tat, vernahm sogar das Brechen von dürren Zweigen im nahen Fichtenwald. „Still!", rief der Pädagoge in die Runde, ein Ohr horchend auf den Wald gerichtet, „hört ihr das auch?" Alle Kinder lauschten gespannt in Richtung Wald. Man konnte ganz deutlich das Rascheln und das Knacken, welches beim Laufen auf trockenem Waldboden entsteht, hören. „Wenn wir ganz leise sind, dann kommt bestimmt bald ein Reh, oder gar eine ganze Reh Sippe, aus dem Wald spaziert", flüsterte der Lehrer. „Wow, das ist sicherlich ein Rudel Wölfe oder gar ein Bär", meinte der vorlaute Andi in der Absicht, die Mädchen zu erschrecken.

Der geheimnisvolle Fremde

Die Schritte aus dem Wald wurden von Sekunde zu Sekunde lauter. Unbestreitbar näherte sich jemand oder etwas dem Lagerplatz. Plötzlich konnte man eine Gestalt am Waldesrand erkennen. Es war kein Reh. Im Mondlicht zeichneten sich die Umrisse eines Menschen ab. Dieser Zweibeiner ging weiter zielstrebig auf das Lagerfeuer zu, und das, was anfangs nur ein kleiner grauer Schatten in Menschengestalt war, entpuppte sich im Licht des Feuers als ein hochgewachsener, kräftiger Mann. Der Fremde blieb gegenüber dem Schülerhalbkreis, etwa drei Schritte vor der Feuerstelle, stehen. Er war fast zwei Meter groß und hatte einen muskulösen Oberkörper, wie Conan der Barbar. Auf dem Kopf trug er einen Hut, wie einst Indiana Jones und an seinem Gürtel steckte ein Messer, fast so lang, wie das von Crocodile Dundee.

Einige mutige Schüler hatten sich armdicke Stecken aus dem Feuerholzvorrat besorgt und waren in Verteidigungsstellung gegangen. Die Lehrerin hatte alle Mädchen hinter sich in Sicherheit gebracht. Der Lehrer behielt aber die Ruhe und versuchte, um jeden Preis eine Eskalation der Situation zu vermeiden. Er sagte zu den Jungs: „Habt ihr schon einmal von der guten alten Tugend gehört, die man Gastfreundschaft nennt? – Also werft die Stecken ins Feuer und setzt euch hin!" An seine Frau gerichtet sagte er: „Das gilt auch für die Mädchen." Als alle Kinder wieder auf den Bänken Platz genommen hatten, sprach er den Fremden an, der immer noch stumm und regungslos am Feuer stand: „Fremder, setzt dich doch zu uns. – Wie ist dein Name?" Der Fremde setzte sich auf die Bank gleich neben den Lehrer, ohne ein Wort zu sagen. Im Schein des Lagerfeuers konnte man jetzt gut sein Gesicht erkennen. Es war ein außergewöhnlich markantes Gesicht, mit Ecken und Kanten. Besonders auffallend war seine große Nase. Am Kinn trug er einen Dreitagebart. Aber er hatte gütige Augen, die sagen wollten: „Habt keine Angst, ich tue euch nichts Böses."

Der Fremde starrte unentwegt auf den Grill mit den Steaks und den Würsten. „Was sind wir doch für schlechte Gastgeber", sagte die Frau des Lehrers und fragte dann: „Wollen sie ein Steak, oder lieber eine Grillwurst?" Der Fremde sagte immer noch nichts, stand nur auf, ging zum Grill und nahm sich ein fast schwarz gegrilltes Steak und eine Scheibe Brot. Dann setzte er sich wieder auf die Bank und begann zu essen. Er aß, als hätte er schon tagelang nichts mehr zu essen gehabt. Der Lehrer holte eine Flasche Limo unter seiner Bank hervor und reichte sie dem Fremden. Der aber deutete mit dem Finger auf den Träger mit dem Mineralwasser. Ein Mädchen brachte dem unerwarteten Gast eine Flasche Wasser. Dieser trank die Flasche in einem Zug leer, so als hätte er schon verdammt lange nichts mehr zu trinken gehabt.

Der Lehrer versuchte derweil nochmal, den Namen des unbekannten Mannes zu erfahren: „Wie dürfen wir dich nennen, Fremder?" Jetzt endlich antwortete der geheimnisvolle Mann: „Nennt mich Geschichtenerzähler." „Na schön", sagte der Lehrer, „das ist zwar ein ungewöhnlicher Name, aber dann kannst du uns sicher eine Geschichte erzählen." Der Fremde musterte den Fragenden mit einem durchdringenden Blick von Kopf bis Fuß. Anschließend schaute er hinauf zum Mond, so als wollte er Luna die Mondgöttin um Erlaubnis bitten, dann sagte er mit angenehm dunkler Stimme: „Deshalb bin ich gekommen. - Ich hoffe, ihr seid alle reif genug für meine Geschichten." Also fing der Fremde an zu erzählen und Lehrer als auch Schüler lauschten gespannt auf das, was er zu sagen hatte.

Der kalte Fleck

In einer ganz normalen Siedlung stand in einem kleinen Garten ein ganz normales Einfamilienhaus mit weißen Wänden, einem roten Ziegeldach und einer Garage. Darin wohnte ein ganz normaler Junge namens Leon mit seinen Eltern. Unter diesem Haus gab es einen ganz normalen Keller, wie ihn jedes Haus in dieser Siedlung hatte. Nun ja, vielleicht war dieser Keller doch nicht so ganz normal, denn in einem der Räume fühlte es sich stets etwas kälter an, als in den übrigen Kellerräumen. Die Ursache schien eine kreisrunde Stelle im Fußboden zu sein, die unerklärlicherweise jahraus, jahrein eine niedrigere Temperatur aufwies, als der restliche Kellerboden.

Leons Eltern wunderten sich zwar darüber, machten sich aber deswegen keine weiteren Gedanken. Sie sahen darin auch keinen Grund zur Beunruhigung. Selbst der Architekt und die Baufirma konnten dieses Phänomen nicht erklären. Bei keiner ihrer früheren Baustellen war je so ein seltsamer Effekt aufgetreten. Leons Interesse galt jetzt eher dem Dachboden. Das Untergeschoss war nicht sein bevorzugter Spielplatz, und so kam es, dass er von dem speziellen Fleck in ihrem Keller nichts wusste. Leons Eltern hingegen machten das Beste aus diesem kostenlosen Kühlaggregat und benutzen das Zimmer mit dem kalten Fleck als Vorratsraum.

Eines schönen Tages waren Vater und Mutter bei Freunden zum Essen eingeladen und Leon musste alleine zuhause bleiben. Sein Vater befand, dass sein Sohn inzwischen alt und vernünftig genug war, ohne Babysitter auszukommen. Er sagte: „Mein Sohn, für heute Abend bist du der Herr im Haus. Ich verlasse mich auf dich." Der junge Mann von elf Jahren war der gleichen Meinung, und so konnten sie die Bedenken der Mutter zerstreuen. Zudem war ihr Haus alarmgesichert und die Gastgeber wohnten nur zwei Straßen weiter. Leon konnte es kaum noch erwarten, einmal alleine Herr über das Haus zu sein. Niemand würde ihm an diesem Abend vorschreiben, welches Fernsehprogramm er sehen darf und wann er ins Bett gehen soll. Er musste natürlich seiner Mutter versprechen keine Horrorfilme zu schauen, keinen Alkohol zu trinken und spätestens um zehn im Bett zu sein. Auf gar keinen Fall durfte er fremde Personen ins Haus lassen.

Als nun seine Eltern gegangen waren, machte es sich Leon mit Cola und Chips auf dem Sofa im Wohnzimmer gemütlich. Er durchforschte am 50-Zoll-Flachbildfernseher Sender für Sender und blieb schließlich bei „Fluch der Karibik" hängen. Diesen Piratenfilm hatte er zwar schon einmal gesehen, aber der war gut, den konnte man auch ein zweites Mal anschauen. Doch die ungestörte Filmfreude dauerte nicht lange. Leon hatte plötzlich das beunruhigende Gefühl, dass jemand um das Haus schlich. Er drehte den Ton am Fernseher leiser und lauschte. Dann hörte es sich so an, als würde dieser Unbekannte an den Rollladen der Terrassentür klopfen. Aber wer konnte das sein? Um diese Zeit? Leon beschloss, so zu tun, als wäre niemand zuhause. Da die Wohnzimmertür offen stand, hatte er freien Blick auf die Haustür. War da jemand an der Eingangstür? Er hätte schwören können, dass sich der Türgriff bewegt hatte.

Leon bekam es verständlicherweise mit der Angst zu tun, aber er war auf der anderen Seite auch überaus neugierig. Er kurbelte den Rollladen der Terrassentür einige Zentimeter nach oben und schaute durch einen der Spalte, die zwischen den Lamellen entstanden waren. Und für den Augenblick eines Wimpernschlages glaubte er unter der japanischen Zierkirsche, ein Mädchen in einem strahlend weißen Kleid gesehen zu haben. Leon schätzte sie ein bis zwei Jahre jünger als er selbst. Unerklärlicherweise war diese Gestalt von einem Augenblick auf den anderen verschwunden. Ebenso merkwürdig fand er, dass das Mädchen silbergraue Haare hatte, wie eine alte Frau. Er schaute noch einige Minuten durch diesen Spalt in den Garten, aber es war außer Dunkelheit nichts mehr zu sehen, und zu hören war außer dem Miau einer streunenden Katze ebenfalls nichts. Schlussendlich fragte sich Leon, ob er sich vielleicht dieses Mädchen nur eingebildet hatte. Er wollte nicht weiter darüber nachdenken und kehrte zu dem Piratenfilm im Fernsehen zurück.

Während der Werbepause brauchte Leon Nachschub an Chips und zudem musste er dringend seine Blase entleeren. Als er von der Toilette wieder ins Wohnzimmer gehen wollte, da vernahm er plötzlich ein leises Jammern, so als würde ein Kind schluchzen und weinen. Leon beachtete das seltsame Geräusch zuerst nicht weiter und widmete seine ganze Aufmerksamkeit dem Piratenabenteuer im Fernsehen. Doch auf einmal war dieses jammernde Geräusch wieder da. Leon drehte den Ton am Fernsehen lauter, aber dieses kindliche Weinen und Schluchzen mischte sich subtil mit dem Ton des Fernsehfilms. So ein penetrantes Störgeräusch konnte jeglichen Filmgenuss zerstören, weshalb Leon den Ton am Fernseher ausschaltete, um der Quelle dieses ungebetenen Lärms auf die Spur zu gehen. Es hörte sich ganz so an, als würde diese kindliche Geisterstimme aus dem Keller kommen.

Leon war nun entschlossen, dem Spuk auf den Grund zu gehen. Dennoch zögerte er vor dem Eingang zum Untergeschoss. Das Gefühl von Angst durchströmte seinen Körper und Gänsehaut bildete sich an den Armen und Beinen. Auch spürte er so ein komisches Kribbeln im Bauch. Aber warum sollte er denn Angst im eigenen Haus haben? Außer ihm war doch niemand da. Oder? Vorsichtig öffnete er die Tür zum Keller, schaltete das Licht ein und stieg mit etwas zittrigen Knien die Kellertreppe hinunter. Als er etwa die Hälfte der Stufen geschafft hatte, wurde es plötzlich stockfinster, sodass er absolut nichts mehr sehen konnte. Als ob das nicht beängstigend genug gewesen wäre, hörte er, wie oben die Kellertür ins Schloss fiel. Sofort tastete er sich Stufe für Stufe hinauf zum Eingang ins Untergeschoss, aber so sehr er sich auch gegen die Tür stemmte, sie blieb verschlossen. Das unheimliche Jammern war jetzt noch lauter geworden, doch Leon, der ein ungewöhnlich tapferer Junge war, fasste neuen Mut und den Entschluss, jetzt erst recht dem gespenstischen Treiben ein Ende zu setzen.

Er hoffte, dass der Lichtausfall eine ganz natürliche Ursache hätte und im Verteilerschrank der Elektroinstallation zu finden sei. Sein Vater, ein Elektro-Ingenieur, hatte ihm einiges über Hauselektrik beigebracht. Vorsichtig stieg er die zwölf Stufen der Kellertreppe in absoluter Dunkelheit, es war so finster, dass nicht einmal Minka, die Hauskatze, hätte etwas sehen können, hinunter und tastete sich Schritt für Schritt den Flur entlang zum Sicherungskasten. Er wusste, dass dort immer eine Taschenlampe für eben solche Fälle bereitlag. Leon ertastete die Lampe und endlich erhellte wieder etwas Licht den finsteren Kellerflur. Er öffnete die Tür des Verteilerkastens und überprüfte erst die Sicherungen. Die waren alle OK. Dann konnte es nur der Fehlerstromschutzschalter sein. Aber merkwürdigerweise war auch der eingeschaltet. „Mega-seltsam", dachte er bei sich, „vermutlich ist einfach die Birne der Lampe im Kellerflur hinüber."

Diese kindliche Geisterstimme war immer noch zu hören. Das aller Schrägste war, dass sie jetzt sogar seinen Namen rief. „Leon", rief sie, „Leon, komm zu mir!" Er hörte es ganz deutlich. Diese Stimme kam eindeutig aus dem Vorratsraum, der sich genau am entgegengesetzten Ende des Ganges befand. Der Junge fragte sich, was in aller Welt ein fremdes Mädchen nachts in ihrem Keller zu suchen hatte. Und woher kannte dieses Kind seinen Namen? Vielleicht sollte er diese Frage in den Raum stellen? „Ist da jemand?", rief er zaghaft, aber er bekam keine Antwort. Er wartete, aber er konnte nur seinen eigenen Atem hören, so still war es geworden. Dann forderte er den Eindringling nochmals auf: „Komm raus! Ich weiß, dass du irgendwo da drin bist. Ich hab dich gehört. Ich zähle jetzt bis drei, und wenn du nicht raus kommst, dann komme ich rein." Aber es erfolgte immer noch keine Reaktion. Leon fing an zu zählen: „Eins, zwei, zweieinhalb und drei. - Das ist deine letzte Chance, dich zu zeigen. Danach wird es unangenehm für dich." Abermals kam keine Antwort.

Leon ging langsam und fast auf Zehenspitzen, mit der Taschenlampe den Weg leuchtend, in Richtung Vorratsraum. Als er zirka zwei Meter vor der Tür stand, war diese Stimme plötzlich wieder zu hören. Sie sagte: „Leon, komm zu mir! - Spiel mit mir! - Leon?" Der Mut des Jungen schrumpfte arg und er hatte Zweifel, ob er den Schritt in die Vorratskammer wagen sollte, oder ob er nicht doch besser versuchen sollte, den Keller zu verlassen. „Was würde Captain Sparrow an seiner Stelle wohl tun?", fragte er sich. „Jetzt bin ich schon so weit gekommen, jetzt gehe ich auch noch in dieses verdammte Zimmer", überredete er sich am Ende selbst.

Wie in Zeitlupe öffnete der Junge die Tür zu diesem verwunschen Raum mit dem kalten Fleck auf dem Fußboden. Ein frostiger Hauch kam ihm entgegen, sodass er am ganzen Körper eine Gänsehaut bekam. Genau an der Stelle, die sonst immer etwas kälter war als der übrige Keller, war ein blendend heller Lichtkreis, und der stammte definitiv nicht vom Lichtkegel seiner Taschenlampe. Dieses Licht auf dem Fußboden war so hell, dass man die ziegelroten Fliesen nicht mehr erkennen konnte. So ein grelles, weißes Licht hatte er in seinem ganzen Leben noch nie gesehen. Außerdem roch es nach Ozon, so als hätte gerade jemand einen elektrischen Schweißapparat in Betrieb gehabt.

Plötzlich war diese hypnotisierende Mädchenstimme wieder da: „Leon, komm zu mir! - Spiel mit mir! - Leon?" In dem hellen Licht sah er das Mädchen mit den silbergrauen Haaren. Sie war fast durchsichtig, wie ein weißer Nebel. Vor Schreck glitt ihm die Taschenlampe aus der Hand und knallte auf die Fliesen. Das war nicht das Einzige, das knallte. Die Tür zum Vorratsraum viel ebenfalls mit lautem Knall ins Schloss. „Leon, komm zu mir! - Spiel mit mir! - Leon?", wiederholte die geisterhafte Erscheinung. Leon konnte nicht mehr länger widerstehen. Das Licht und die Stimme zogen ihn magisch an. Das Mädchen streckte ihm die Hand entgegen. Leon zögerte einen Moment, doch dann nahm er ihre Hand und stieg in den Lichtkreis. Dann war der Spuk vorbei. Das Licht verschwand mit Leon.

Kurz nach Mitternacht kamen die Eltern zurück. Sie fanden einen laufenden Fernseher vor, aber im ganzen Haus keinen Knaben. Die Kellertür stand auf und das Kellerlicht brannte. Der Vater fand die noch schwach leuchtende Taschenlampe im Vorratsraum. Aber auch dort unten war keine Spur von Leon zu finden. Die hinzugerufenen Experten der Polizei schlossen einen Einbruch aus und es gab auch keine Anzeichen einer Entführung. Einen Monat später wurde die Suche nach dem Kind eingestellt. Seit jener Nacht hat nie wieder jemand ein Lebenszeichen von Leon erhalten.

Sage oder Wirklichkeit

Der Geschichtenerzähler sah in die Runde der Kinder, die immer noch gebannt und aufmerksam lauschten. Er ließ seinen Blick durch die Runde schweifen und sah jedem Einzelnen tief in die Augen und sagte dann: „Schaut doch bei Gelegenheit in euren Keller! Und wenn es dort auch so eine kalte Stelle gibt, dann geht niemals in das weiße Licht hinein. - Ihr wollt sicher wissen, woher ich die Geschichte kenne? Nun, mein Bruder, der lange vor meiner Geburt verschwand, hat sie mir im Traum erzählt."

Der mysteriöse Fremde holte sich eine frische Grillwurst und steckte diese auf den Haselnussstecken, den er sich, während der ersten Geschichte, mit seinem langen Messer zurechtgeschnitten hatte. Dann hielt er die Wurst am Stecken über die Glut. Der Lehrer und einige Schüler taten ihm gleich. Nach einer Weile zeigte der Fremde mit der Haselnussrute auf eine alte Eiche am Waldrand und sagte: „Seht ihr den majestätischen, alten Baum da drüben? – Womöglich ist das ein Exemplar aus der Familie der Weltenbäume." „Was sind Weltenbäume?", fragte eine Schülerin neugierig. „Das sind Lebewesen, die so alt sind wie die Zeit. Sie sind unsterblich und haben magische Kräfte", erklärte der Geschichtenerzähler. „Ihr kennt doch sicher die Esche Yggdrasil aus der germanischen Sagenwelt", fuhr er fort zu berichten, „auf unserer Erde soll es noch ein Dutzend weitere solche Bäume geben. Ein Weltenbaum hat seine Wurzeln am Anbeginn der Zeit und reckt seine Äste in die Unendlichkeit."

Ein ungläubiger Schüler entgegnete: „Das sind doch alles nur Sagen und Märchen. Solche Bäume gibt es in Wirklichkeit nicht." Der Fremde legte seinen Grillstecken beiseite und ging zu dem kritischen Schüler hinüber. Er stellte sich hinter den Buben und legte seine kräftige Hand auf dessen Schulter, dann sagte er: „Die Unwissenheit sei deiner Jugend geschuldet. Aber verschließe niemals deinen Geist für Dinge, die man mit dem Verstand nicht erklären kann, und die dennoch so real sind wie dieses Feuer dort. Es wird niemand beweisen können, ob Gott wirklich existiert, oder ob es Himmel und Hölle gibt, aber dennoch glauben viele Menschen daran. Vielleicht werden Dinge nur wirklich, weil wir daran glauben. Seht das Feuer! Ist es nicht rot? Und dort unten, das Gras, ist es nicht grün? Dabei sind es dieselben elektromagnetischen Wellen, die unser Auge treffen, nur mit leicht unterschiedlicher Wellenlänge.

Die Farbe entsteht nur in unserem Gehirn. Wer möchte da mit Sicherheit behaupten, dass Farben real sind oder nicht?" Daraufhin wurde es still in der Runde und die Zuhörer versuchten, das Gesagte zu verinnerlichen. Der Geschichtenerzähler setzte sich wieder auf seinen Platz und berichtete, was sich einst im Umfeld solch eines Weltenbaumes zugetragen hatte.

Annemarie und der Weltenbaum

Vor nicht allzu langer Zeit zog eine junge Familie in ein einsames Haus auf dem Land. Um dieses Haus schmiegte sich ein wilder Garten mit hohem Gras, statt Rasen, einer Wildbeerenhecke und etlichen Obstbäumen. In diesem Garten stand auch ein alter Nussbaum. Das war aber kein normaler Nussbaum, sondern es handelte sich bei diesem Exemplar um einen wahrhaften Weltenbaum, aber selbst ein Professor der Botanik hätte den Unterschied nicht erkennen können. Die Familienmitglieder, Vater, Mutter und zwei Kinder, waren sehr zufrieden mit ihrem neuen Heim. Das sollte sich aber bald ändern.

Es war an einem Karfreitag. Die Sonne begrüßte den Tag mit einem herrlichen Morgenrot. Der Vormittag versprach einen wunderschönen Frühlingstag. Die Vögel sangen ihr Konzert und eine leichte Brise verbreitete den Duft des Frühlings. Die Tochter des Hauses saß wieder einmal unter dem Nussbaum und spielte mit ihren Puppen. Sie hieß Annemarie und war acht Jahre alt. Sie hatte lange, blonde, lockige Haare und Augen so blau wie der Frühlingshimmel. An diesem Tag trug sie ein Kleidchen mit buntem Blumenmuster.

Unerklärlicherweise fühlte sich das Mädchen von Anfang an dem Nussbaum verbunden. Sie konnte oft stundenlang einfach nur so unter seiner weit ausladenden Krone sitzen, oder seine rissige Borke mit ihren kleinen Händen streicheln. Die Leute staunten zwar über diese seltsame Freundschaft, aber sie maßen dem keine Gefahr bei. An diesem Freitag saß auch ihr Bruder vor dem Haus auf der Terrasse und beschäftigte sich mit seinem neuen Tablet Computer. Der Junge war schon vierzehn und mitten in der Pubertät, was mit einigen Pickeln im Gesicht einherging. Die Eltern tauften ihn einst auf den Namen Maximilian, aber alle Welt nannte ihn nur Max. Er hatte seine dunkelbraunen Haare kurzgeschnitten und die braunen Augen waren ein Erbe seiner Mutter. Er schoss im vergangenen Jahr kräftig in die Höhe, aber seine Muskeln hatten sich bis dato noch nicht seiner Körpergröße angepasst. Max war eher ein introvertierter Junge, der nur wenige Freunde hatte, aber er mochte seine kleine Schwester von Herzen gern. Deshalb hatte er auch immer ein wachsames Auge auf sie, sofern er in ihrer Nähe war. Vater und Mutter waren an diesem Vormittag noch auf einen Sprung auf dem Friedhof am Grab der Großeltern.

Wie schon erwähnt, konnte man unter normalen Umständen einen Weltenbaum nicht von einem echten Baum unterscheiden, es sei denn, dass der Vollmond das Sternbild Löwe durchquert und Jupiter in Opposition zur Sonne steht. Dann wird ein Weltenbaum unberechenbar und gefährlich, für alle die sich in seiner unmittelbaren Nähe aufhalten, so wie Annemarie. Leider waren an diesem Karfreitag alle Vorbedingungen erfüllt.

Der Baumstamm begann, in einem magischen orangen Licht zu leuchten. Alle Vögel in der Nähe verstummten. Die kleine Annemarie ging wie in Trance, so als würde sie über den Rasen schweben, auf den Baum zu und streckte ihren kleinen zarten Arm durch das orange Licht, um die Rinde des Weltenbaumes zu berühren. Kleine Blitze fuhren von den Ästen in Richtung Erdboden. Jetzt wurde auch Max auf die Situation aufmerksam. Blitzschnell legte er sein Tablet aus der Hand und rannte auf den Nussbaum zu, um seine Schwester aus der Gefahrenzone zu entfernen. Das orange Lichtband hatte mittlerweile die kleine Annemarie komplett umhüllt. Beherzt griff Max nach der anderen Hand seiner Schwester und versuchte mit seiner ganzen Kraft, das Mädchen aus dem Lichtbann des Baumes zu ziehen.

Annemarie bewegte sich keinen Millimeter, im Gegenteil wurde nun auch der Junge in den Bann des magischen Baumes gezogen. Das orange Lichtband wandelte sich nun zu einem gleißend hellen Lichtblitz. Die Kinder hatten das Gefühl, als würde ihnen der Boden unter den Füßen entzogen. Sie schienen in ein unendlich tiefes schwarzes Loch zu stürzen. Jegliches Gefühl für Zeit hatten sie verloren, sie konnten auch weder hören, noch riechen. Es war alles so unwirklich. Dann wurde ihnen schwarz vor Augen und sie fielen in eine tiefe Bewusstlosigkeit.

Die Geschwister staunten nicht schlecht, als sie wieder erwachten. Sie lagen im Gras unter dem Blätterdach des Nussbaumes. Durch das dichte Laub drangen vereinzelt Strahlen der Nachmittagssonne. An den Ästen konnte man die jungen Nüsse in ihren kugelförmigen grünen Schalen erkennen. Hatten sie denn den ganzen Sommer über geschlafen? Und warum roch es hier nach verkohltem Holz? Beide richteten langsam ihren Blick in Richtung Haus, doch dort, wo einst das Wohnhaus stand, sahen sie nur einen alten windschiefen Feldstadel mit Strohdach. Und dort wo früher ein Gartenhäuschen seinen Platz hatte, dort war die Ruine eines ausgebrannten Bauernhauses. Vom Dach waren nur noch ein paar verkohlte und immer noch qualmende Balken übrig.

Die Geschwister konnten ihre neue Lage nicht verstehen, so sehr sie sich auch bemühten. Da es schon spät war und ein kalter Ostwind über die Wiese, die noch vor kurzem ihr Rasen war, wehte, beschloss Max die Nacht in der Scheune zu verbringen. Annemarie konnte das alles nicht begreifen und eine fürchterliche Angst kam über das Mädchen, sodass sie zu weinen begann. Max drückte seine kleine Schwester fest an sich und streichelte behutsam über ihre blonden Locken, um sie zu trösten. Dann liefen beide zu der Scheune hinüber, deren Tor verschlossen war. Mit letzter Kraft schaffte es Max das große schwere Tor einen Spalt zu öffnen, mit dem Ergebnis, dass beide in das Innere der Scheune schlüpfen konnten.

Auf einer Giebelseite war eine kleine Öffnung, durch die etwas Tageslicht in den Stadel gelangte, gerade so viel um zu erkennen, dass in einer Ecke ein Haufen Heu lag. Dort wollten sie die Nacht verbringen. Als es draußen schon fast dunkel war, hörten sie einen Wolf, der den Mond anheulte. Kurz darauf stimmte das ganze Rudel in den Gesang mit ein. Sie hatten noch nie echte Wölfe so nah heulen gehört. Mit jedem Ton der Tiere wuchs die

Angst der Geschwister. Max tastete nach einer hölzernen Gabel, die er in der Nähe des Heuhaufens glaubte, gesehen zu haben. Annemarie klammerte sich ganz fest an ihren großen Bruder. Und als ob die Wölfe nicht schon schlimm genug wären, kratzte auch noch im Laufe der Nacht ein ziemlich großes Tier am Scheunentor. Vermutlich ein Braunbär. Doch irgendwann nach Mitternacht waren die Kinder so müde, dass sie trotz fürchterlicher Angst endlich einschliefen.

Max versuchte noch, bevor er total übermüdet in einen tiefen Schlummer versank, logisch über ihre durchaus seltsame Situation nachzudenken. Wölfe und Bären so nahe an menschlichen Behausungen deuteten auf Südosteuropa hin. Vielleicht wurden sie beide nach Rumänien verschleppt. Er müsste also nur versuchen, mit seiner Schwester in die nächste Stadt zu gelangen und dort ein Polizeirevier finden. Die Polizisten würden sie dann bestimmt zur deutschen Botschaft bringen und von dort aus würde man dafür sorgen, dass die Kinder wieder wohlbehalten bei ihren Eltern landeten.

Am nächsten Morgen wurden die Geschwister von lauten Männerstimmen geweckt. Max, immer noch mit der Heugabel bewaffnet, schlich zum Scheunentor und guckte durch ein Astloch ins Freie. Die Sonne stand schon eine Hand breit über dem Wald. Unter dem Nussbaum sah er eine Gruppe von Männern sitzen und etwas davon entfernt standen zwei Kerle, die sich unterhielten. Max fiel auf, dass die Leute echt seltsam gekleidet waren. Sie trugen bunt gestreifte Kniebundhosen und eng geschnittene Lederjacken und darunter Hemden mit breiten Kragen und aufgeplusterten Ärmeln. Auf dem Kopf thronte bei einigen ein Hut mit übergroßer Krempe und einer bunten Fasanenfeder daran. Andere wiederum trugen einfache Helme, die aussahen, als hätten sie ein kleines Boot verkehrt herum aufgesetzt. Der Schaft ihrer Lederstiefel reichte bis zum Knie. Aber am meisten beunruhigte Max der Umstand, dass diese Männer bewaffnet waren und ihre Rüstkammer schien das Museum zu sein. Ein jeder hatte eine Muskete und einen Säbel. Dann gab es welche, die führten lange Spieße mit Angst einflößenden Spitzen mit sich.

Diese Art von Kleidung und Waffen kam Max jedoch irgendwie bekannt vor. Er schloss kurz seine Augen und überlegte, dann fiel es ihm wieder ein, wo er solche Soldaten schon einmal gesehen hatte. Alle vier Jahre zum Wallenstein-Fest verkleideten sich die Einwohner der Stadt Memmingen genauso wie diese Männer dort unter dem Nussbaum. Vielleich waren es ja Mitglieder eines historischen Vereines, die hier ihren Auftritt probten. Aber halt, das Wallenstein-Fest war immer Ende Juli bis Anfang August und jetzt musste es mindestens schon Mitte September sein. Außerdem sprachen diese Männer einen Dialekt, den er so noch nie gehört hatte. Max revidierte kurzerhand seine Theorie von der vergangenen Nacht und kam nun zu dem haarsträubenden Schluss, dass sie sich zwar immer noch am selben Ort befänden, aber in einer anderen Zeit. Der Junge hatte im Geschichtsunterricht gut aufgepasst und folgerte, dass sie vermutlich durch einen bösen Zauber in die Zeit des Dreißigjährigen Krieges gelangten.

Vorsicht war also geboten. Die kleine Annemarie war inzwischen auch aus dem Heu gekrochen und gesellte sich neben ihren großen Bruder. Max konnte gerade noch seine Hand vor ihren Mund halten, als seine Schwester Anstalten machte gleich unbekümmert loszureden. Einer der beiden Männer, die neben dem Nussbaum standen, war wohl der Anführer. Max hörte mit Besorgnis, wie dieser den Befehl gab: „Auf Männer! Ausschwärmen und alles durchsuchen! Vielleicht finden wir einige Taler, oder wenigstens was zu essen." Einer der Soldaten ergänzte: „Was zum Saufen wär auch nicht schlecht." Max packte sofort seine Schwester und lief mit ihr zurück zum Heuhaufen. Dort vergruben sie sich, so gut es ging, im

Heu und hofften, von den Soldaten nicht gefunden zu werden.

Kurz darauf öffnete sich auch schon das Scheunentor mit einem lauten Knarren und Quietschen und zwei Landsknechte betraten die Scheune. Unglücklicherweise schauten die roten Schuhe von Annemarie aus dem Heu hervor, sodass es nicht lange dauerte und einer der Soldaten bemerkte das Kind, packte es unsanft am Bein und zog das völlig verängstigte Mädchen aus ihrem Versteck. Er hob es an dem Bein in die Höhe, sodass die arme Annemarie kopfunter in der Luft baumelte wie ein Huhn in der Schlachtfabrik. Als Max das Unglück sah, kam er freiwillig aus seinem Versteck im Heuhaufen, um seiner kleinen Schwester beizustehen.

Die Landsknechte schleppen ihre Fundstücke brutal aus der Scheune und präsentierten beide ihrem Chef. Der Anführer sah die Kinder eine Weile prüfend an und fragte dann: „Ja was haben wir denn da? Wo ist der Rest von eurer Familie?" Den Kindern steckte der Schreck immer noch tief in den Knochen und im Sprachzentrum. Jetzt wurde der Anführer wütend, weil er immer noch keine Antwort bekam. Er packe Max ziemlich unsanft am Ohr und zog ihn ganz nahe zu sich her. Dann sagte er: „Was ist los? Seid ihr stumm oder taub? Ich bring euch schon zum Reden." Max fing jetzt, beinahe weinend, an zu antworten: „Ich weiß nicht, wie wir hierhergekommen sind. Außer meiner Schwester und mir ist niemand hier."

Der Anführer stieß Max daraufhin so heftig von sich weg, dass dieser den Halt verlor und auf seinem Hosenboden in der Wiese landete. Er beugte sich über den Jungen und begutachtete ihn von oben bis unten. Der Mann hatte natürlich noch nie Blue Jeans gesehen. Dann trat er einen Schritt zur Seite, drehte sich um und überlegte einen Augenblick. Danach wandte er sich wieder Max zu und fragte: „Was trägst du denn für seltsame Hosen? Solche habe ich noch nie gesehen und ich bin weiß Gott schon viel herumgekommen." „Vielleicht ist es ein schwedischer Spion?", sagte der Landsknecht, der anfangs zusammen mit dem Anführer neben dem Nussbaum stand. Dann fügte er noch hinzu: „Wir sollten ihn an dem Baum dort aufhängen." Ein dicker Landsknecht, der unter dem Nussbaum saß und sich an dessen Stamm lehnte, fügte euphorisch hinzu: „Und wenn die Kleine ein paar Jahre älter wär, dann hätten wir mit ihr auch noch unseren Spaß." Als Max das vernahm, wurde er kreidebleich im Gesicht. Der Rottenführer schaute sich Max noch einmal prüfend an, dann sagte er zu dem stehenden Landsknecht: „ Du hast wohl Recht. Hängt ihn auf!" Sofort packten zwei der

Männer den Jungen bei den Armen und ein anderer holte ein Seil mit einer Schlinge daran und legte diese Max um den Hals. Mit Geschrei und Jubel zerrten sie den armen Jungen unter den Nussbaum, warfen das Seil über einen Ast und begannen ihn hochzuziehen.

Als Annemarie endlich wieder alle Sinne beisammenhatte, klammerte sie sich an den Anführer und fing an herzergreifend zu weinen, dann bat sie den grimmigen Krieger, ihren Bruder zu verschonen. Die vielen Jahre Krieg hatten den Mann doch noch nicht ganz verrohen lassen und ein Stück Menschlichkeit war unter der rauen Schale scheinbar noch vorhanden. Er wies seine Leute an innezuhalten und den armen Jungen vom Seil zu befreien. Dann packte er Max am Kragen und drückte seinen schlanken Körper gegen den rissigen Stamm des Nussbaumes. Er zog sein Messer und hielt es Max an die Kehle, wobei er gleichzeitig sagte: „Ich hab mir die Sache anders überlegt. Du scheinst mir einen tüchtigen Landsknecht abzugeben, wo wir doch kürzlich so viele gute Männer von unserem Fähnlein verloren haben. Wär doch schade, wenn wir so feines Menschenmaterial vergeuden würden, indem wir es aufhängen. Wenn du ein schwedischer Spion bist, dann bin ich ein Lutherischer." Die anderen Landsknechte schienen durch allgemeines Gelächter dem Vorhaben ihres Anführers zuzustimmen, bis auf den Soldaten, der Max den Strick um den Hals gelegt hatte. Missfallend wandte dieser ein: „Du machst einen Fehler, Rottenführer. Lasst uns den Kerl aufhängen, dann kann er uns nicht mehr gefährlich werden." Er hätte auch nicht hinzufügen sollen: „Seit wann hörst du auf kleine Mädchen?"

Diese Insubordination konnte sich der Rottenführer nicht gefallen lassen. Er drehte seinen Kopf kurz zu dem nörgelnden Soldaten und durchbohrte diesen mit einem finsteren Blick, dann wandte er sich wieder Max zu und sagte: „Du schwörst jetzt, dass du unserem Fähnlein treu dienen wirst, bis in den Tod!" Max, der keinen anderen Ausweg sah, antwortete leise: „Ja, ich schwöre." Daraufhin drückte der Rottenführer sein Messer noch heftiger gegen den Hals des Jungen und sagte: „Was hast du gesagt? Das konnte kein Schwein hören. Also wie ist deine Antwort auf mein Angebot?" Ohne zu zögern, schrie Max nun: „Ja, ich schwöre." Danach ließ der Anführer von Max ab, sagte aber zu ihm: „Solltest du mich je enttäuschen, dann schlitzte ich deinen kleinen Hals auf, von einem Ohr zum Anderen."

Jetzt bekam der aufmüpfige Soldat seinen Denkzettel. Der Rottenführer griff nach einer Lanze und rammte den hölzernen Stiel in die Bauchgegend des Soldaten. Dieser fiel stöhnen zu Boden und krümmte sich vor Schmerz. Der Anführer sagte nur: „So geht es allen, die es wagen meine Entscheidungen anzuzweifeln." Dann spukte er noch auf den, am Boden liegenden, Landsknecht. Der dicke Mann, der immer noch am Fuß des Nussbaumes saß, fragte: „Und was machen wir mit ihr?", wobei er mit dem Finger auf Annemarie deutete. Ohne lange zu überlegen, antwortete der stellvertretende Anführer, ein dürrer kleiner Mann, aber schlau wie ein Fuchs und skrupellos wie eine Schlange, ganz lapidar: „Verkaufen!" Der Rottenführer kratzte sich kurz am Kopf und stimmte dann dem Vorschlag seines Vize zu: „Lasst uns aufbrechen und in die Stadt gehen. Dort finden wir bestimmt einen Käufer für die Kleine." Der Dicke, der sich jetzt auch erhoben hatte, fügte noch ergänzend hinzu: „Und von meinem Anteil kaufe ich mir ein großes Stück vom Spanferkel, mindestens vier Humpen Bier und eine blutjunge Lagerhure."

Also machte sich die Horde auf den Weg nach Memmingen. Allen voran der Rottenführer und sein Stellvertreter. Max und Annemarie hatten sie in die Mitte genommen, damit sie nicht auf dem Gedanken kämen, davon zu laufen. Das Mädchen konnte das Tempo der Männer nicht lange mithalten, zum Glück war Max kräftig genug, sie auf seinen Schultern zu tragen. Während sie Stunde um Stunde so durch den schwäbischen Urwald gingen, versuchte Max einen Ausweg aus ihrer unangenehmen Lage zu finden.

Ihr Weg führte sie zu einer Lichtung, und schon bevor diese zu erkennen war, drang der ekelhaft süßliche Gestank von Verwesung in die empfindlichen Nasen der Kinder. Zuerst überlagerte der Geruch von totem Fleisch nur schwach die erfrischende Waldluft, aber mit jedem Schritt, den sie auf die Lichtung zu gingen, wurde der Gestank schlimmer. Für die abgestumpften Nasen der Landsknechte hingegen schien das nichts Besonderes zu sein. Beim Betreten der Lichtung offenbarte sich die Ursache der Geruchsbelästigung. Inmitten der Waldwiese stand eine alte Linde mit kräftigen, ausladenden Ästen an denen Menschen aufgehängt wurden. Es waren Männer und Frauen, Junge und Alte, nicht einmal Kinder hatten diese Verbrecher verschont. Vermutlich hingen die armen Seelen schon einige Tage an dem Baum. Die nackten Stellen waren jedenfalls bereits von den Krähen arg zugerichtet. Max versuchte seiner Schwester den schrecklichen Anblick zu ersparen und lief die betreffende Strecke im Seitwärtsschritt, sodass Annemarie, die immer noch auf seinen Schultern saß, nicht auf die Lichtung sehen konnte.

Nach etwa drei Stunden Fußmarsch erreichte die Gruppe die Tore der mittelalterlichen freien Reichsstadt, die beschützt von einer hohen Mauer im Tal der Iller lag, wie ein Spiegelei in der Pfanne. Auf jeden Fall sah es von der Eisenburgschen Anhöhe so aus. Man konnte von oben in die Stadt blicken, wo Martinskirche und Rathaus auf der einen Seite und die Frauenkirche auf der anderen Seite gut zu erkennen waren. Die Landsknechtsrotte betrat die Reichsstadt durch das Kalchtor. Die mächtige Stadtmauer aus rotem Ziegel war nicht das einzige Hindernis für Angreifer. Nein, um die ganze Stadt schlängelte sich zusätzlich noch ein Wassergraben.

Max war erstaunt über die vielen Soldaten, die das Tor bewachten und auch auf den Straßen und Gassen der Stadt sah man viel Militär. Er fragte einen Landsknecht, der neben ihm herging: „Ist das normal, dass so viele Wachen am Tor und auf der Straße sind?" Der Söldner antwortete: „Das ist alles nur wegen dem Herrn Wallenstein." Ein anderer Landsknecht, der die Unterhaltung zufällig mitgehört hatte, sagte: „Du hast großes Glück, dass du gerade jetzt in die Stadt gekommen bist. Der Herr Generalissimus residiert seit einiger Zeit in Memmingen. Sogar ein dänischer Prinz ist in seinem Gefolge." „Gehört ihr auch zu Wallensteins Leuten?", fragte Max. „Ja, ganz recht", antwortete der Landsknecht, „wir sind Teil von Wallensteins schwäbischen Musketieren." Der andere Landsknecht fügte noch hinzu: „Du bis jetzt auch einer davon."

Max, der sich mehr als andere Jugendliche in seinem Alter für Geschichte interessierte, entbrannte förmlich vor Neugier. Diese einmalige Gelegenheit, Wallensteins historischen Aufenthalt in Memmingen am eigenen Leibe zu erleben, konnte er sich nicht entgehen lassen. Er wollte möglichst lange in der Stadt bleiben und möglichst viel von Wallenstein und seinen Soldaten erfahren. Max konnte zum Beispiel nie verstehen, weshalb ein Feldherr, der für die katholische Liga kämpfte, so lange in einer protestantischen Stadt residierte. In seiner Geschichtsbegeisterung vergaß er um ein Haar das angekündigte Schicksal seiner kleinen Schwester.

Das Fähnlein, was in etwa einer heutigen Kompanie entspricht, unseres Rottenführers hatte sein Lager auf der Grimmelschanze direkt an der Stadtmauer aufgeschlagen. Es bestand aus zwölf Zelten und einem Küchenzelt, vor dem, über der Holzkohleglut an einem Dreifuß, ein riesiger Kessel mit Eintopf brodelte. Nach dem Geschmack von Max roch der Inhalt dieses Kessels köstlich, aber für die Landsknechte, die jeden Tag solch einen Eintopf vorgesetzt bekamen, war die Speise alles andere, als eine kulinarische Köstlichkeit. Die meisten von ihnen hätten zu gerne wieder einmal ein Spanferkel gegrillt. Auf einem Tisch daneben lagen frischgebackene Brote. Max lief bei diesem Anblick das Wasser im Mund zusammen. Immerhin war seine letzte Mahlzeit das Frühstück gestern. Im Küchenzelt standen Krüge mit Wasser und Bier, auch einige mit rotem Wein waren darunter. Aber noch mehr als der Hunger plagten Max und Annemarie der Durst, dennoch trauten sie sich nicht, aus einem der Krüge zu trinken.

Die, vom Marschieren, hungrig und durstig gewordenen Soldaten setzten sich um den großen Tisch im Küchenzelt. Der Koch und einige Helferinnen aus dem Marketenderlager verteilten Eintopf, Brot und Getränke. Für Max und Annemarie wurde auf einem Fass in der Ecke des Zelts serviert. Plötzlich betrat ein Mann mit gepflegtem grauen Vollbart und einem Hut voller bunter Federn das Küchenzelt. Der Rottenführer unterbrach sofort die Mahlzeit und eilte zu dem Herrn am Eingang, der, so wie sich herausstellte, der Hauptmann dieses Fähnleins war, um seinen Rapport abzugeben. Dann winkte der Rottenführer unmissverständlich Max herbei.

Der Junge folgte bereitwillig und ging mit den beiden Soldaten in ein wesentlich prächtigeres Zelt. Dort wartete schon ein Mann, gut rasiert und sauber gekleidet, hinter einem massiven Schreibtisch. Es war der Schultheiß des Regiments. Er war der Hüter der Landsknechts Gesetzte und hatte die Befugnisse eines Richters. Max wurde jetzt ganz offiziell als Landsknecht in das Fähnlein des Hauptmannes aufgenommen. Er musste nochmal einen Eid auf den Obristen und auf die Fahne leisten. Anschließend fragte ihn der Schreiber nach Name, Alter und Stand und trug dann seine Daten in das Regimentsbuch ein. Danach schickte man Max zum Pfennigmeister, dem Verwalter der Regimentskasse, wo ihm seine vier Gulden Sold ausgehändigt wurden. Der Hauptmann wies den Rottenführer an, sein neues Mitglied mit Kleidung und Waffen auszurüsten.

Normalerweise mussten Landsknechte selbst für ihre Ausrüstung aufkommen, aber da der Rottenführer gerade ein passendes Gewand samt Säbel von einem gefallenen Kameraden in der Truhe hatte, überließ er Max die Kleidung und die Waffe für nur zwei Gulden Aufwandsentschädigung. Die zehn Gulden für eine Pike, die Standardwaffe der Landsknechte, lieh ihm sein Anführer. Pünktlich beim Schlag der dritten Stunde musste Max zusammen mit anderen Rekruten auf dem

Exerzierplatz zur Musterung antreten. Sogar der Obrist des Regiments war mit seinem Profoss, das war der Boss der Regimentspolizei, hoch zu Pferd und in ritterlicher Rüstung auf dem Platz erschienen. Ebenfalls anwesend war der Fähnrich, ein großer und kräftiger Mann, mitsamt Fahne und zwei Trommlern. Der Profoss verlas den so genannten Artikelbrief, in dem die Rechte und Pflichten der Landsknechte niedergeschrieben waren, und alle mussten geloben die Pflichten zu befolgen. Jetzt war es amtlich, aus dem schüchternen vierzehnjährigen Schüler war ein waschechter Landsknecht geworden. Über all diesen Trubel hatte er beinahe seine arme kleine Schwester vergessen. Ob sie womöglich schon verkauft wurde?

Zum Glück war Annemarie noch da, als er in sein Mannschaftszelt zurückkehrte. Die Landsknechte hatten sie an ein Feldbett gefesselt, damit sie nicht davonlaufen konnte. Max bat den Rottenführer, seine Schwester losbinden zu dürfen. Der Anführer willigte ein, und Max befreite die kleine Annemarie von ihren Fesseln. Die Seile hatten in ihren zarten Unterarmen schon tiefrote Eindrücke hinterlassen. Annemarie war heilfroh ihren großen Bruder wieder zu sehen. Zuerst hatte sie ihn fast nicht erkannt in der Uniform. Zum Zeichen ihrer Freude fiel sie ihm um den Hals und wollte ihn schier erdrücken.

Wie sie so neben ihm auf dem Feldbett saß, bemerkte Max, dass seine Schwester ein dringendes Bedürfnis hatte. Alles, was oben hineingeht in den Körper, muss irgendwann unten wieder herauskommen. So ist die Natur. Und auch Max verspürte nun den Drang, dringend eine Toilette aufzusuchen. Plötzlich fühlte der frisch gebackene Söldner einen leichten Schlag auf seine Schulter. Es war ein junger Landsknecht, der sich neben den beiden auf das Lager gesetzt hatte. Er sagte: „Ihr zwei seht aus, als könntet ihr eine Latrine gebrauchen. – Übrigens, ich bin der Jakob."

Max war etwas überrascht, denn so viel Freundlichkeit hatte er in dieser Zeit noch nicht erlebt. Er schaute dem Fremden ins Gesicht und bemerkte, dass dieser wohl kaum älter war als er selbst. Dann sagte er: „Hallo, ich heiße Maximilian und das ist meine Schwester die Annemarie." – „Ach, du heißt wie der Herzog der Bayern", stellte Jakob fest. „Das kann schon sein", sagte der Junge, „aber alle nennen mich Max." Der junge Landsknecht kam auf den Ursprung dieser Konversation zurück und fragte: „Habt ihr ein festes oder ein flüssiges Geschäft?" Max wusste zuerst nicht, was sein neuer Freund meinte, und fragte nur verwundert: „Was?" Daraufhin konkretisierte Jakob seine Frage: „Ich meine, müsst ihr pissen oder scheißen?" – „Ach so", sagte Max,

„ich denke, wir müssen beides." Daraufhin schüttete Jakob, der anscheinen Latrinenexperte war, sein ganzes Wissen aus: „Wenn ihr pissen müsst, dann geht einfach an die Stadtmauer. Zum Scheißen müsst ihr zur Latrine. Die ist am anderen Ende unseres Zeltlagers."

Also nahm Max seine kleine Schwester bei der Hand und sie gingen quer durch das Zeltlager hinüber zu einem, mit Weidengeflecht abgetrennten Bereich. Dass dieser Ort die Latrine sein muss, das sagte schon der Geruchsinn. Hinter dem Weidengeflecht war ein Balken in Sitzhöhe auf Pfählen montiert und hinter dem Balken hatte jemand ein Graben gezogen. Das war er also, der berühmte Donnerbalken. Zum Glück war außer ihnen momentan niemand anderes an diesem stillen Örtchen. Nachdem sie Blase und Darm entleert hatten, bemerkten sie, dass es hier kein Toilettenpapier gab. Nun war guter Rat teuer. Da erspähte Max auf einen kleinen Tisch einen Haufen frisches Gras und daneben eine Schüssel mit Wasser. Messerscharf folgerte er, dass diese Utensilien wohl das Klopapier dieser Zeit waren. Nachdem sie das Hinterteil notdürftig gesäubert hatten, die Hand roch trotz intensiven Waschens nach Fäkalien, kehrten die Kinder in ihr Zelt zurück. Das Restlicht des Tages reichte gerade noch aus, um ohne Laterne das Feldbett zu finden.

Beide waren von den Strapazen des Tages so müde, dass sie auf der Stelle eingeschlafen wären, wenn nicht Max die gierigen Blicke des Dicken auf seine Schwester aufgefallen wäre. Diesem schleimigen Fettmonster traute er zu, selbst Mädchen in Annemaries Alter zu missbrauchen. Er musste seine Schwester um jeden Preis beschützen. Vorsorglich flüsterte er zu dem Dicken hinüber: „Wenn du deine dreckigen Hände an meine Schwester legst, dann wird das das Letzte sein, das du in diesem Leben berührt hast." Der fettleibige Landsknecht lachte nur spöttisch und flüsterte zurück: „Angenommen ich hätte Lust, wer will mich daran hindern? Du lächerliche Bohnenstange mit Sicherheit nicht!" Vorsichtshalber legte Max seinen Dolch griffbereit im Feldbett ab. Er versuchte, solange er nur konnte, wach zu bleiben, aber die Müdigkeit war zu stark, sodass er kurze Zeit später in einen tiefen Schlaf hinüber glitt.

Kurz nach Sonnenaufgang liefen die Pfeifer durch die Zeltstadt und machten mit ihren schrillen Pfeifen einen derartigen Radau, dass selbst Tote aus ihren Gräbern aufgestanden wären. Max hätte jetzt für eine warme Dusche und parfümierte Seife alle seine Habseligkeiten hergegeben. Aber es blieb leider nur Zeit für eine Katzenwäsche mit eiskaltem Wasser und Kernseife. Offensichtlich hätte seiner kleinen Schwester eine Dusche auch gut getan, denn Max bemerkte, dass Annemarie sich ständig und überall kratzte. Sie wird sich wahrscheinlich irgendwo ein oder zwei Flöhe eingefangen haben.

Um Schlag sieben, hieß es antreten zum morgendlichen Appell. Vom Regiment unseres Obristen kampierte nur unser Fähnlein innerhalb der Stadtmauern. Der Rest hatte sein Lager bei den Marketendern nördlich der Stadt. So standen auf dem Exerzierplatz auch nur die Mitglieder dieses einen Fähnleins still. Der Hauptmann, der sich bereits bei seinem Obristen den Tagesbefehl abgeholt hatte, ritt mit seinem Leutnant auf den Exerzierplatz. Dann sammelte er alle Rottenführer um sich und verteilte die Aufgaben für diesen Tag. Nachdem es sonst für die gesamte Truppe heute keine besonderen Ankündigungen gab, ritten die beiden Herren wieder davon. Die Rottenführer hingegen begaben sich zu ihren Rotten und verteilten dort die Arbeiten an die Landsknechte. Wie schon zu erwarten war, wurden die beiden jüngsten Landsknechte, Jakob und Max, zum Reinigen der sanitären Einrichtungen eingeteilt.

Sie schnappten sich Eimer, Bürsten und eine Schaufel und gingen ersichtlich unmotiviert in Richtung Donnerbalken. Das Reinigen der Latrine war schon in der römischen Legion die Aufgabe der Jungfüchse gewesen und es gab in der langen Geschichte der Landsknechte nicht einen, dem diese Arbeit gefallen hätte. Während nun Max den Donnerbalken schruppte und Jakob den Graben ausschaufelte, kamen sie auf Annemarie zu sprechen und Jakob sagte: „An deiner Stelle würde ich zusehen, dass ich meine kleine Schwester in Sicherheit bringe." Max fragte: „Wieso? Ist sie hier im Lager nicht sicher?" Jakob erläuterte weiter seine Befürchtungen: „Ich nehme an, dass der Hauptmann sie heute noch ins Lager der Marketenderinnen bringen lässt. Sofern unser Rottenführer sie nicht schon vorher in der Stadt verhökert." So langsam wurde Max die prekäre Lage bewusst, in der seine Schwester steckte und er fragte vorsichtig weiter: „Was würde ihr denn bei den Marketenderinnen böses widerfahren?" „Das kann ich dir sagen", antwortete Jakob und fuhr fort zu erklären, „zuerst wird sie als Küchen- oder Kindermagd eingesetzt werden, und sobald sie das richtige Alter erreicht hat, wird sie als Lagerhure arbeiten müssen." Max wurde bei dem Gedanken an Annemaries Zukunft ganz flau im Magen. Schließlich können seine Eltern erwarten, dass er die Verantwortung für das Mädchen trägt.

„Gibt es denn einen Ausweg?", fragte Max nach einer Weile. „Ich glaube schon", antwortete Jakob kurz und bündig. Endlich keimte in Max wieder ein wenig Hoffnung. Er benötigte noch mehr Details für die Rettung seiner Schwester, deshalb begann er, Jakob mit neuen Fragen zu löchern. „Sag schon, was soll ich machen?" Jakob sagte, ohne lange nachdenken zu müssen: „Du musst unseren Anführern zuvorkommen und selbst eine gute Stelle für deine Schwester suchen." Der junge Landsknecht hatte gut reden, aber Max kannte ja niemanden in der Stadt. Jakob sah den zweifelnden Gesichtsausdruck seines neuen Freundes und erzählte weiter: „Ich kenne da eine Küchenmagd, die arbeitet im Haus eines reichen Memminger Kaufmanns. Von ihr weiß ich, dass die Hausfrau ein nettes Mädchen für ihre Kinder sucht." Das war der Hoffnungsschimmer, den Max zu finden hoffte.

Er ließ sich von Jakob den Weg zum Haus des Kaufmanns genau beschreiben und fragte auch nach dem Namen des Küchenmädchens. Dann ließ er sofort Bürste und Wassereimer stehen und liegen und rannte so schnell er konnte zurück in sein Zelt, wo er hoffte, Annemarie noch anzutreffen. Aber als er in das Zelt kam, fand er keine Menschenseele darin. Keine Spur von seiner Schwester. Schlimme Gedanken durchkreuzten sein Gehirn. Wurde die kleine Annemarie schon ins Lager der Marketenderinnen gebracht? Hat der Rottenführer sie vielleicht bereits verkauft? Oder hat etwa der Dicke sich an dem Mädchen vergangen und sie irgendwo entsorgt?

Instinktiv schaute er noch in das Küchenzelt und siehe da, die Küchenmägde hatten die Kleine kurzerhand zur Arbeit eingeteilt. Max blieb aber am Eingang des Zelts stehen und hoffte, dass seine Schwester bald zu ihm herübersehen würde, sodass er sie unauffällig zu sich herwinken könnte. Es dauerte einige lange Minuten, aber dann realisierte sich sein Plan. Das Mädchen lief, ohne dass es die Küchenmägde bemerkt hatten, langsam zum Ausgang des Zeltes. Max packte seine Schwester auf seinen Rücken wie einen Rucksack und lief, so schnell er in seinem ganzen Leben noch nie gerannt war, aus dem Zeltlager in die Stadt hinein.

In einer abgelegenen Gasse, sich sicher fühlend, hielt er an, ließ seine Schwester absteigen und dann erklärte er ihr Jakobs Plan. Das Mädchen hörte aufmerksam zu, aber am Ende war sie mit dieser Lösung ganz und gar nicht einverstanden. Sie wollte sich unter keinen Umständen von ihrem Bruder trennen. Sie wäre dann ja mutterseelenallein in einer fremden Stadt bei vollkommen fremden Leuten. Max versuchte ihr nochmals eindringlich klar zu machen, dass es keine andere Möglichkeit gab. Annemarie war zwar immer noch nicht überzeugt, aber sie fügte sich in ihr Schicksal.

Ihre einzige Chance war, möglichst unauffällig zu der Adresse des Kaufmanns zu gelangen, aber das farbenprächtige, geblümte Kleid seiner Schwester war so auffällig wie ein bunter Schmetterling an einer weißen Hauswand. Sie brauchte dringend ein weniger ins Auge stechendes Gewand. Jetzt hieß es Ausschau halten nach gut bestückten Wäscheleinen. Es dauerte nicht lange, bis sie in einem Hinterhof ein passendes Kleidchen auf einer der vielen Wäscheleinen fanden. Das neue Kleid war jedoch mindestens zwei Nummern zu groß, aber das war immerhin besser als zu klein und hier konnte sie wenigstens noch hineinwachsen. Als Pfand ließen sie das Kleid mit dem bunten Blumenmuster zurück. So gekleidet fielen die beiden jetzt kaum noch auf. Ein einfacher Landsknecht und ein ganz normales Mädchen.

Trotz der Gefahr noch vor Ablieferung der Ware entdeckt zu werden, beschloss Max einen kleinen Umweg zum Fugger'schen Palais zu machen. In seiner Naivität hoffte er, den großen Wallenstein doch noch zu Gesicht zu bekommen. Das Palais war streng bewacht von Wallensteins Leibgarde, große Kerle mit Helm und schwarzem Harnisch. Echt zum Fürchten. Zumindest

Annemarie hatte Angst. Max wartete eine lange Viertelstunde auf der gegenüberliegenden Straßenseite, aber von Wallenstein war nichts zu sehen. Jedoch die Wachen wurden schon aufmerksam auf den seltsamen Landsknecht mit dem Mädchen an der Hand. Max spürte, dass es jetzt höchste Zeit war, das Weite zu suchen.

Nach wenigen Minuten standen sie vor dem Haus des Kaufmanns, das Jakob beschrieben hatte. Es war ein prächtiges, mehrstöckiges Haus am Weinmarkt. Die Kinder konnten sich gerade noch in einer engen Seitengasse verstecken, denn just in diesem Augenblick kamen der Hauptmann, sein Leutnant und der Rottenführer die Straße entlang gelaufen. Was für ein Unglück, wenn sie im letzten Moment ausgerechnet diesen Männern in die Arme gelaufen wären. So warteten die Geschwister, bis die Gefahr vorüber war, und nahmen dann all ihren Mut zusammen und klopften an der Haustür des Kaufmanns.

Eine junge Frau öffnete und fragte nach ihrem Begehr. Es war die Bekannte von Jakob, wie sich herausstellte. Max erklärte ihr die Situation, worauf die Hausangestellte ihre Herrin rief. Eine ebenfalls noch junge Frau in einem schönen roten Seidenkleid und mit einer goldenen Halskette kam da die Treppe herunter. Die alten Stufen quittierten jeden Schritt mit einem Knarren. Die Frau ging direkt auf Annemarie zu, ohne überhaupt Max eines Blickes zu würdigen, drehte ihr nobles Haupt zu der Küchenmagd und fragte: „Ist sie das Mädchen?" Die Angestellte nickte nur. Dann umfassten die zarten Hände der Hausherrin die kleinen, zerbrechlichen Hände von Annemarie. Die Frau des Kaufmanns sah tief in die himmelblauen Augen des Mädchens und sagte mit einer engelsgleichen Stimme: „Du musst keine Angst haben. Ich verspreche dir, du wirst es bei uns gut haben. Du sollst nie mehr Hunger leiden. Du wirst schöne Kleider bekommen und nette Spielkameraden haben. – Na, willst du bei uns bleiben?"

Max war sehr erleichtert, denn er spürte, dass es Annemarie in diesem Haus gut gehen wird. Er gab seiner Schwester einen leichten Schups und erinnerte sie an ihr Versprechen: „Du weißt, was du mir versprochen hast. Sag nichts Falsches!" Dann umarmten sich die Geschwister ein letztes Mal ganz inniglich. Die Frau war etwas verwirrt, denn sie hielt Max ja nur für einen Boten, der das Mädchen hier abgeben sollte. Annemarie willigte schließlich ein. Die Frau des Kaufmanns wollte Max einen Gulden geben, fürs Herbringen, aber der Junge lehnte ab. Das hätte für ihn den Anschein gehabt, als würde er seine

Schwester verkaufen. Annemarie ging mit der Frau die alten Stufen hinauf in ihr neues Zuhause. Auf der Treppe drehte sich das Mädchen noch einmal zu ihrem Bruder um und Max glaubte, eine Träne auf ihrer Wange gesehen zu haben. Er winkte ihr ein letztes Mal zu und dann verschwand seine kleine Schwester hinter einer wuchtigen, hölzernen Tür.

So traurig Max auch war, sich von seiner Schwester trennen zu müssen, so erleichtert war er auch, nun nicht mehr auf ein kleines Mädchen aufpassen zu müssen. Er fragte sich, ob sein Verschwinden und das seiner Schwester schon entdeckt wurde. Konnte er denn noch zurück zu seinem Fähnlein? Was war wohl die Strafe für Ungehorsam? Aber dann kam ihm in den Sinn, dass falls er ins Lager zurückginge, dann könnte sie den Aufenthaltsort seiner Schwester aus ihm heraus prügeln. Für das Wohl seiner kleinen Annemarie wäre es sicher am besten, wenn er aus der Stadt verschwinden würde. Dann wäre er aber ein Deserteur und darauf stünde mit Sicherheit die Todesstrafe.

Max wurde gewahr, dass er sich in eine sehr brenzlige Situation hinein manövriert hatte. Er beschloss schweren Herzens, die Stadt zu verlassen. Spätestens heute Abend zum Zapfenstreich. Aber vorher wollte er unbedingt noch den Herrn Wallenstein persönlich zu Gesicht bekommen. Er schlich sich also zurück zum Fugger'schen Palais am Schweizerberg und wartete auf der gegenüberliegenden Straßenseite. Dieser dreistöckige Bau aus grauem Sandstein und den Erkern an den Ecken kam einem Stadtschloss gleich. Max postierte sich vor dem Eingang eines noblen Hauses, so als müsse er dessen Zugang bewachen. Vor dem riesigen Portal auf der gegenüberliegenden Straßenseite war viel Betrieb. Hohe militärische Würdenträgen, sowie reiche Kaufleute und vornehme Ratsherren gaben sich die Türklinke in die Hand. Aber zu Max größtem Bedauern begab sich der Generalissimus nicht vor die Tür.

Schweren Herzens musste Max sein Vorhaben aufgeben. Die Dämmerung brach herein und die Wachen vor Wallensteins Wohnsitz wurden auch schon wieder nervös. Langsam und unauffällig begab er sich zum Ulmer Tor. Er nahm aber nicht den kürzesten Weg, sondern machte einen großen Bogen nach Osten, denn das Tor lag in der Nähe vom Lager seines Fähnleins und einem Soldaten aus dieser Truppe durfte er unter keinen Umständen begegnen. Hinter einem Marktstand in der Nähe des Torbogens hielt er sich versteckt, bis zum Zapfenstreich geblasen wurde und die Torwache das Haupttor schloss.

Dann nahm er all seinen Mut zusammen und ging auf den Torwächter, ein alter Soldat mit Bierbauch, zu. „Halt! Wer da?", rief dieser und hielt seinen Spieß in die Gegend von Maximilians Bauch. „Ein Melder vom schwäbischen Regiment. Ich habe eine eilige Botschaft für unseren Hauptmann", antwortet Max. „Passierschein!", sagte der Wächter. „Wisst ihr nicht, dass ich keinen brauche", erwiderte Max schlagfertig und fügte hinzu, „wenn ihr keinen Ärger wollt, dann öffnet mir sofort den Durchlass." Darauf sagte der Wächter leicht mürrisch: „Wenn ihr unbedingt nachts aus der Stadt wollt, dann soll mir das auch recht sein. Lebensmüde soll man nicht aufhalten." Dann öffnete er den schmalen Durchlass im kolossalen Stadttor und rief noch missgelaunt hinterher: „Ohne Passierschein kommst du hier nicht mehr rein!"

Max war erleichtert, endlich aus der Stadt zu sein. Laut seinem Plan wollte er zuerst nach Ulm, und dann weiter nach Norden in den Herrschaftsbereich der Protestanten. Denn dort, so glaubte er, wäre er fürs Erste in Sicherheit. Er lief die ganze Nacht und schlief am Tag, entweder im Wald oder in verlassenen Gebäuden. In Ulm schloss er sich fahrenden Musikanten an, die nach Lüneburg zogen. Während dieser Zeit wurde ihm schnell klar, dass in diesem Krieg die Soldaten eine bessere Überlebenschance hatten als die Zivilbevölkerung.

Also trat er in Lüneburg einem protestantischen Regiment bei. Weil er einer der wenigen war, die des Schreibens mächtig waren, wurde er bald Regimentsschreiber. So verbrachte er den Rest des Krieges verhältnismäßig sicher und komfortabel in der Schreibstube. Im Frühling des Jahres 1649, der Friede war endlich wieder eingekehrt im Reich, reiste er in die freie Reichsstadt Memmingen. Max wollte dort nach seiner kleinen Schwester suchen.

In der Stadt war kaum noch etwas vom Krieg zu spüren. Nur wenige Landsknechte weilten auf den Straßen und Plätzen, und obwohl er noch die Uniform seines sächsischen Regiments trug, konnte er unbehelligt und erhobenen Hauptes zu dem Haus des Kaufmanns gehen, wo er vor achtzehn Jahren seine kleine Annemarie zurücklassen musste. Selbst in der letzten Schlacht war er nicht so aufgeregt wie jetzt, da er vor dieser massiven Haustüre, mit ihren prächtigen Schnitzereien, stand. Das Schlagen seines Herzens war fast lauter, als das Klopfen seiner Faust gegen das Holz. Plötzlich überkamen ihm große Zweifel an seinem Vorhaben und er lief zurück auf die Straße, doch die Sehnsucht nach seiner Schwester überwog seine Angst. Er ging zurück zu der Tür und klopfte erneut.

Ein kleines Mädchen mit langen blonden und lockigen Haaren und mit Augen so blau wie der Frühlingshimmel öffnete ihm. Blitzschnell schoss ein abwegiger Gedanke durch seinen Kopf. Hatte etwa dieser verflixte Weltenbaum schon wieder seine Äste im Spiel? War vielleicht für Annemarie die Zeit stehen geblieben?

Die Stimme einer Frau riss ihn aus seinen Gedanken. „Fremder sagt, was ist euer Begehr?", fragte die Dame, indem sie langsam die Treppe hinunter stieg. Zu dem Mädchen befahl sie streng: „Rosemarie, du sollst doch nicht immer gleich die Tür öffnen!" Es war eine vornehme Dame in einem kostbaren blauen Seidenkleid und einer kunstvoll bestickten Haube auf dem Kopf. Max antwortete höflich: „Mein Name ist Maximilian und ich bin auf der Suche nach meiner Schwester. Ich musste sie in diesem Haus vor vielen Jahren als kleines Mädchen zurücklassen. Vielleicht könnt ihr mir etwas über ihren Verbleib berichten?" Da musste die vornehme Frau lachen und sie lief die letzten Stufen der Treppe im Sauseschritt herab und im Flur angekommen, umarmte sie Max inniglich. Jetzt erst wurde es auch ihm klar. Diese Frau war seine kleine Schwester. Max war zu tiefst erleichtert, denn scheinbar ging es ihr recht gut.

Annemarie lud ihren Bruder ein, mit nach oben in die gute Stube zu kommen. Dort wollte sie ihm dann berichten, wie es ihr in den vergangen achtzehn Jahren ergangen war. Eine Magd servierte kühles Bier und einen Teller mit köstlicher Wurst und frischgebackenes Brot. Annemarie erzählte von ihrem Heimweh und den durchweinten Nächten. Aber auch von dem Kaufmannsehepaar, welches das kleine Mädchen wie ihr eigenes Kind in die Familie aufgenommen hatte. Schon sehr früh heiratete sie den ältesten Sohn der Familie und hatte bald selbst vier Kinder.

Im vorletzten Kriegswinter suchte eine Seuche die Stadt heim und der Gevatter Tod machte auch nicht vor den Türen der Reichen halt. Ihre Schwiegereltern zählten zu den Opfern. Seither ist sie die Herrin des Hauses. Max freute sich, dass seine Schwester so großes Glück hatte, und erzählte ihr von seinen Abenteuern. Annemarie bot ihrem Bruder an, solange er möchte in ihrem Hause zu wohnen. Doch Max wollte sich weder aufdrängen, noch als Fremdkörper in der wohlhabenden Familie leben.

Mit seinem ersparten Geld kaufte er das Grundstück, auf dem der Nussbaum stand, und baute die Landwirtschaft wieder auf. Mit der Zeit fand er eine liebe Frau und gründete selbst eine Familie. In all diesen Jahren blieb der Weltenbaum ein einfacher Nussbaum. Er trieb jedes Frühjahr die großen, duftenden Blätter aus, spendete im Sommer wohltuenden Schatten und lieferte im Herbst köstliche Nüsse, aber das orange Licht war nie wieder zu sehen. Max lebte glücklich und zufrieden bis zu seinem Tod. Er wurde, wie es sein Wunsch war, gleich neben dem alten Nussbaum begraben.

Pinkelpause

„Das soll alles wahr sein?", fragte ein skeptischer Schüler und fügte noch hinzu: „woher wollen sie denn wissen, wie es den Kindern vor rund vierhundert Jahren ergangen ist?" „Ganz recht, mein Junge, man sollte das Gehörte immer kritisch hinterfragen", antwortete der Geschichtenerzähler und zog eine Rolle alten Pergaments aus seiner ledernen Umhangtasche. Während er das alte Dokument in den Nachthimmel hob, sagte er: "Max, der Junge aus der Geschichte war, wie ihr wisst, Regimentsschreiber geworden und hat seine Erlebnisse für die Nachwelt hier auf diesem Pergament hinterlassen. Wie durch ein Wunder überdauerte das Dokument Feuer und Kriege. Seit Generationen wird es in unserer Familie von Vater zu Sohn vererbt." Ohne es aber jemanden zu zeigen, ließ der Fremde das alte Schriftstück wieder in seiner Tasche verschwinden.

Dann deutete er auf die alte Eiche am Waldrand und sagte mit einem schaurigen Unterton: „War da nicht so ein orangefarbenes Licht um den Stamm dieser Eiche?" Woraufhin eine Schülerin zaghaft zustimmte: "Das habe ich auch gesehen." „Ich meine, es könnte sich hier unter

Umständen doch um einen Weltenbaum handeln", sagte der Fremde, „ich würde euch jedenfalls raten, einen sicheren Abstand zu halten."

Einer der Schüler rief: „Pinkelpause!" Dem Vorschlag pflichte auch der Lehrer bei und sagte: „Das ist eine gute Idee. Wer austreten muss, der hat jetzt die Gelegenheit. Wir machen eine kleine Pause. Geht nicht zu weit in den Wald hinein, und am besten passt immer einer auf den anderen auf. In fünf Minuten sind wieder alle am Lagerfeuer. Habt ihr gehört?" Die meisten Schülerinnen und Schüler folgten der Aufforderung und entleerten ihre Blase im nahen Wald. Auch der Lehrer und seine Frau verschwanden für kurze Zeit. Nur der Geschichtenerzähler hütete so lange mit dem Rest der Kinder das Lagerfeuer. Fünf Minuten später waren dann alle wieder an ihrem Platz um das wärmende Feuer herum. Nun ja, fast alle. Bei ihrer Durchsicht bemerkte die Lehrerin, dass eine Schülerin fehlte.

Ihr Mann versuchte sie mit den Worten zu beruhigen: „Die ist bestimmt nur etwas weiter in den Wald hinein gegangen und kommt gleich wieder." Die Lehrerin rief den Namen der Schülerin in den Wald: „Sabine! Sabine, komm sofort da raus!" Doch niemand kam und niemand antwortete. Die Pädagogin wurde nun äußerst nervös und

sagte zu ihrem Mann: „Wir müssen die Polizei rufen."
Der versuchte zu beschwichtigen und sprach: "Wir
warten noch fünf Minuten, dann gehe ich und ein paar
Jungs Sabine suchen, und wenn wir sie nicht finden,
dann rufen wir die Polizei." Zu den anderen Schülerinnen
richtete er die Frage: „Hat eine von euch gesehen, wo
Sabine hingegangen ist?" Es meldete sich eine
Schulkameradin und antwortete: „Ich glaube, sie wollte
zu der alten Eiche da hinten." Die Lehrerin war einem
Nervenzusammenbruch nahe und richtete vorwurfsvoll
an den Geschichtenerzähler die Frage: „Wo waren sie
denn die ganze Zeit?" Der antwortete ruhig und gelassen:
„Ich war die ganze Zeit hier beim Feuer. Die betreffende
Schülerin habe ich nicht gesehen, aber ich spüre, dass sie
bald wiederkommen wird, und dass ihr nichts Böses
passiert ist."

Die Worte waren kaum ausgesprochen, da rannte
eine, nach Luft ringende, Schülerin die Bergwiese herauf.
Es war Sabine und sie hatte eine haarsträubende
Geschichte im Gepäck. Noch arg schnaufend erzählte sie:
„Ihr glaubt nicht, was mir passiert ist. Ich war dahinten
unter dem großen Baum und wollte gerade pissen, da
spürte ich einen Schlag, wie wenn ein Blitz durch meinen
Körper gefahren wäre, und als ich wieder aufwachte, da
lag ich dort unten am Fluss. Ich bekam schreckliche

Angst und bin die steile Bergwiese herauf gerannt." Der Lehrer hatte ein Problem mit Sabines Geschichte, denn einer der Mathematik und Physik unterrichtet, der hat normalerweise wenig übrig für Fabelwesen. Er fragte das Mädchen in einem schulmeisterlichen Ton, der die Antwort eigentlich schon vorwegnahm: „Sabine, könnte es nicht so gewesen sein, dass du in der Dunkelheit die Orientierung verloren hast, dann gestolpert bist, dir den Kopf angeschlagen hast und schließlich den Abhang bis zum Flussufer hinunter gerollt bist?" Das Mädchen antwortete leicht stotternd: "Ich weiß nicht. Kann schon sein." Es kehrte wieder Ruhe ein. Einige Jungs legten Feuerholz nach.

„Gibt es denn noch mehr solche alte, übernatürliche Wesen auf unserer Erde?", wollte eine Schülerin wissen. Diese Frage kam dem Fremden gerade recht, denn sie führte auf direktem Weg zu einer neuen Geschichte. „Ja, die gibt es", antwortete der rätselhafte Erzähler, indem er sich zu dem fragenden Mädchen wandte. Eine erwartungsvolle Stille erfüllte das Lager, die nur durch den klagenden Schrei einer Eule unterbrochen wurde. Der Geschichtenerzähler warf eine Frage in die Runde, die auch von dem Lehrer stammen könnte: „Wisst ihr, wie lange es schon Leben auf unserer Erde gibt?"

Zaghaft meldete sich Martin, der Streber der Klasse: „Etwa drei Milliarden Jahre." „Sehr gut", sagte der Fremde, „ich staune über euer umfangreiches Wissen." Zum Lehrer gerichtet sagte er: „Du kannst stolz auf solche Schüler sein." Dann starrte er voller Konzentration in das lodernde Feuer, so als müsste er sich die Geschichte erst noch ausdenken. Alle, die mit ihm um das Lagerfeuer saßen, schauten ebenso gebannt den Flammen zu. Nach einer gefühlten Ewigkeit sagte der Fremde endlich die erlösenden Worte: „Soll ich euch von den Libellianern erzählen?"

Uralte Wesen

Lange bevor die Dinosaurier die Erde beherrschten, bevölkerten intelligente Wesen unseren Planeten. Sie hatten sich über Millionen von Jahren aus einer Linie der Libellen weiter entwickelt und einen Wissensstand erreicht, von dem wir Menschen von heute noch tausende Jahre entfernt sind. Diese Libellianer waren friedliebende Wesen, ganz im Gegensatz zu ihren Vorfahren. Sie erreichten in etwa die Länge von einem Meter und waren von Statur einer Libelle nicht unähnlich. Auch ihr Lebenslauf war mit dem ihrer libellischen Vorfahren vergleichbar. Sie verbrachten ihre ersten Lebensjahre im Wasser und erst nach der Pubertät begaben sie sich an Land. Obwohl sie noch Flügel hatten und fliegen konnten, so betrieben sie diese Kunst doch eher nur noch als Hobby. Jegliche Art von Leben erachteten sie als heilig, weshalb sie ihre Nahrung künstlich erzeugten. Wissenschaft und Forschung gehörten zu den höchsten Werten im Leben der Libellianer.

Eines schicksalhaften Tages erkannten diese hochgebildeten Wesen, dass in weniger als hundert Sonnenumkreisungen ein gewaltiger Asteroid alles Leben auf der Erde zu vernichten drohte. Also arbeiteten ihre besten Wissenschaftler fortan an einer Lösung für dieses Problem. Nur wenige Jahre vor der Kollision mit dem anderen Himmelkörper entwickelten ihre Ingenieure eine Methode, mit der sie den Geist vom Körper trennen konnten. Alles, was einen Libellianer aus machte, seine Gedanken, seine Erinnerungen und auch seine Gefühle schwebten kurze Zeit im Raum, bis sie eine andere Materie als Wirt fanden. Anfangs benötigten sie dazu die Hilfe einer Apparatur, doch mit der Zeit lernte ihr Geist von selbst, die Materie zu wechseln.

Als dann der Tag der Apokalypse kam, versammelten sich die Vornehmsten und Klügsten ihrer Art in einer Höhle tief im Erdinneren, und im Moment, da der Felsen aus dem All sich in die Erde bohrte, verließen sie ihre libellenartigen Körper und suchten Zuflucht im sicheren Gestein. Auf der Erdoberfläche wandelte indes der Tod und achtzig Prozent der Lebewesen verschwanden von einem Moment auf den anderen. Die Erde hüllte sich zwei Jahre in einen dunklen Schleier aus Staub. Schnee und Eis begruben die Kadaver der einstigen Erdbewohner. Die als Geist überlebenden Libellianer beschlossen für alle Zukunft, nicht mehr in eine feste Gestalt zurückzukehren, sondern die Erde und ihre Bewohner als Geistwesen zu beschützen. Selbst heute, hunderte von Millionen Jahren nach dieser Katastrophe existieren vereinzelt noch die Geister dieser Wesen.

In einer Zeit, als die Menschen noch enger mit Mutter Natur zusammenlebten, spürten viele von ihnen die Anwesenheit jener Urwesen. So entstanden über die Jahrtausende die Legenden von Feen, die in verwunschenen Wäldern lebten und Kobolden, die in Felsen wohnten. Aber auch die Quellnymphen der griechischen Sagenwelt gehen auf die Geister der Libelliander zurück. Selbst im einundzwanzigsten Jahrhundert halten diese guten Geister ihre schützende Hand über alle Lebewesen. Menschen, die sich einen sechsten Sinn bewahrt haben, spüren die Anwesenheit eines libellianischen Geistes. Manche Zeitgenossen bezeichnen diese Geister auch als Engel.

In einem Wald, nicht weit von hier, residierte einst so ein Geist in einem Tümpel. Er hatte sich wahrlich einen idyllischen Ort ausgesucht. Rings um den Teich legte sich ein Moorgürtel mit allerlei Sumpfpflanzen. Im Gewässer streckte eine Seerose ihre lilaweißen Blühten der Sonne entgegen. Auf das Moor folgte eine Zone mit Auwald Gewächsen, in der Mehrzahl Erlen und Weiden. Dahinter, eine sanfte Anhöhe ansteigend, beherrschen uralte Buchen die Fauna. An sonnigen und heißen Sommertagen schwirrten Millionen von fliegenden Insekten über die Wasseroberfläche und den angrenzenden Sumpf. Frösche, Molche und Lurche suchten unter den feuchten Moorpflanzen Schatten oder hielten sich im flachen Wasser auf. In den Sträuchern und Bäumen rings umher nistete eine Vielzahl von Vögeln. Der Geist, nennen wir ihn Xiye, war zufrieden und freute sich, da es den Pflanzen und Tieren gut ging.

Doch dieses Idyll stand kurz vor dem Aus. Riesige Holzerntemaschinen näherten sich unaufhaltsam dem Grundstück. Sie schnitten Bäume, die schon achtzig Jahre oder länger hier wuchsen, innerhalb von Minuten in Rundlinge zu je fünf Meter Länge. Xiye spürte den

Schmerz der abgesägten Bäume und der niedergefahrenen Sträucher. Er spürte die Angst und den Zorn der Vögel, die mit ihren Nestern auch ihren Nachwuchs verloren. Der Geist fühlte die Todesangst der vielen Amphibien, die durch die Ketten der Maschinen oder durch fallende Bäume ums Leben kamen. Aber er konnte die fahrenden Ungetüme nicht aufhalten. Dann nahm er wahr, wie ein Geländewagen der gehobenen Klasse den Forstweg entlang fuhr und ganz in der Nähe des Tümpels zum Stehen kam. Ein Mann in Waldarbeiterkleidung und Schutzhelm, es schien der Vorarbeiter zu sein, kletterte zu dem SUV hinauf und ein anderer, vornehm gekleideter Mann, entstieg dem Fahrzeug. Xiye hörte, wie der Vorarbeiter zu dem anderen Mann sagte: „Chef, ich habe da kein gutes Gefühl. Ich glaube, wir sollten diese Parzelle übergehen." Darauf sagte der gut gekleidete Mann leicht verärgert: „Ich bezahle sie nicht fürs Fühlen und Glauben. Wenn bis heute Abend hier nicht alles eingeebnet ist, dann gibt's Ärger." „Sollen wir den Tümpel auch auffüllen, Chef?", fragte der Vorarbeiter. „Wie man nur so blöd fragen kann", antwortete sein Boss zynisch, „auf der Fläche wachsen schätzungsweise zehn Weihnachtsbäume."

So langsam wurde der libellianische Geist wütend. Seine Wut richtete sich nicht auf die Waldarbeiter, die taten nur ihre Arbeit, aber der feine Herr im Geländewagen sollte Xiyes Rache zu spüren bekommen. Unbemerkt fuhr der Geist in dem Auto von Herrn Neumann mit zurück zu dessen Wohnhaus. Wohnhaus war wohl etwas untertrieben. Es war mehr ein kleines Palais im Stil des späten Barock in der Nobelgegend der Stadt. Das Prachtstück war umgeben von einem hohen Zaun und dazwischen lag eine parkähnliche Landschaft. Eine Allee führte von der Straße zum Haus. Um zum Eingang zu gelangen, musste man noch eine steinerne Treppe hinauf steigen, die links und rechts mit einem Geländer aus Marmor begrenzt war. Xiye gefiel sein zukünftiges Zuhause und er rechtfertigte seinen Plan mit dem Gedanken: „Nimmst du mein Heim, nehme ich dein Heim." Das uralte Geistwesen sann weiter über eine angemessene Bestrafung für den Naturfrevler nach.

Nach dem der SUV in der Garage geparkt war, ging der Geist in das alte Gemäuer des Palais über. Herr Neumann hatte es sich in der Zwischenzeit im großen

Salon in einem Ledersessel gemütlich gemacht. Mit im Zimmer auf der ausgedehnten Sofalandschaft rekelte sich eine wesentlich jüngere Frau, sehr schlank und mit viel Silikon im Busen, aber offensichtlich wenig Hirn im Kopf. Xiye vermutete, dass das höchst wahrscheinlich die Ehefrau von diesem ekelhaften Menschen ist. Er revidierte sein Urteil bezüglich ihres Denkorgans. Immerhin war sie schlau genug, sich von dem alten Trottel aushalten zu lassen. Somit stand Punkt eins seines Racheplans fest.

Aber zuerst ergötzte er sich noch an dem folgenden Dialog der beiden. Neumann fragte höflich: „Schatz, wann gibt's was zu essen? Ich habe schon mächtig Appetit. Man sagt ja, frische Luft macht hungrig. Da scheint was dran zu sein." Worauf Cindy fast schon singend antwortete: „Essen ist im Kühlschrank, Mausibärchen." Auf diese Standardantwort reagierte Neumann leicht genervt: „Ich habe es langsam satt, immer kalte Sachen aus dem Kühlschrank essen zu müssen." Cindy hoffte, wie üblich, zu einem Festmahl eingeladen zu werden und fragte: „Toll Schatzilein, in welches Restaurant fahren wir heute?" Aber Neumann meinte nur etwas zynisch: „Mausezähnchen, wie wäre es mit selber kochen?" Auf diesem Ohr war Cindy leider taub und sagte energisch: „Aber du weißt doch, dass ich dafür überhaupt keine Zeit habe." Neumann gab nicht auf seine Frau zum Kochen zu überreden: „Andere Frauen sollen das auch auf die Reihe bekommen, habe ich zumindest gehört." Worauf Cindy schon beinahe wütend entgegnete: „Ich bin keine andere Frauen!"

Der Geist hatte genug gehört. Wenn er hier längere Zeit wohnen sollte, dann musste diese schreckliche Cindy zuerst aus dem Haus. Zum Glück war diese Frau nicht nur faul, sondern auch über die Maßen neugierig und eifersüchtig. Für ihn war es relativ einfach aus einem unbeschriebenen Notizzettel in Herrn Neumanns Manteltasche eine Hotelrechnung zu zaubern und auf einem zweiten Zettel ließ er in Frauenhandschrift die Worte „Vielen Dank für die tolle Nacht" schreiben. Es dauerte nicht lange, bis Cindy die beiden Zettel fand und daraufhin völlig ausrastete. Sie rief nur noch hysterisch „Ich hasse dich! Ich geh zurück zu meiner Mutter!", worauf Neumann lapidar antwortete: „Geh doch! So eine wie dich finde ich in jeder drittklassigen Kneipe wieder."

Darauf eine knallende Tür, durchdrehende Autoreifen und Cindy war Geschichte. So, nun war Neumann an der Reihe. Der stand unter der Dusche und ahnte noch nichts von seinem Unglück.

Kevin Neumann hatte immer noch Hunger, und weil im Kühlschrank nichts Essbares zu finden war und auch sonst niemand mehr im Haus anwesend war, von dem Libellianer ahnte er ja nichts, beschloss er selbst einkaufen zu gehen. Das sei die Gelegenheit für Lektion Nummer eins, meinte der Geist und manipulierte Neumanns Gedanken in einer Weise, dass dieser im Glauben war, seine Hosen angezogen zu haben. Gehirne von einfachen Menschen zu beeinflussen, das war schließlich eine der einfachsten Aufgaben von libellianischen Wesen. Herr Neumann fuhr also zum Supermarkt, im besten Glauben nach allen Regeln der abendländischen Kultur gekleidet zu sein. In Wirklichkeit war er zwischen Socken und Bauchnabel vollkommen blank. Weiter aufwärts war er allerdings mit Hemd, Krawatte und Sakko anständig angezogen.

Neumann wunderte sich schon auf dem Parkplatz über die seltsamen Blicke der anderen Supermarktkunden. Im Laden befremdete ihn, dass die andere Kundschaft einen weiten Bogen um seine Person machte. An der Obsttheke beschimpfte ihn eine ältere Dame, aus seiner Sicht vollkommen grundlos: „Sie sollten sich was schämen, so in der Öffentlichkeit herumzulaufen! Früher hätte es so etwas nicht gegeben." Eine andere Kundin konnte ihre Blicke nur noch schwer von seinem besten Stück abwenden und fragte nur lasziv: „Na, habt ihr beide heute noch was vor?" Eine dicke Frau, die mit ihrer kleinen Tochter am Obststand vorbei kam, hielt dem Mädchen die Augen zu und rief hysterisch nach der Polizei.

Der Tumult erweckte drüben bei den Molkereiprodukten das Interesse zweier weiblicher Teenager, die sofort mit ihren Smartphones einige Schnappschüsse für die Nachwelt festhielten. Der Aufruhr im Laden lockte schließlich den Filialleiter aus seinem Büro hervor. Als dieser die Bescherung sah, forderte er Herrn Neumann mit äußerst ernstem Ton auf, mit in sein Büro zu kommen. Zusammengefasst kostete dieser unfreiwillige

Exhibitionismus ein Hausverbot auf Lebenszeit und eine Anzeige wegen Erregung öffentlichen Ärgernisses.

Am nächsten Morgen fuhr Kevin Neumann zur Arbeit in die Innenstadt. Dieses Mal benutzte er eine Limousine mit einem Stern an der Kühlerhaube. Ein ganz passables Fortbewegungsmittel fand Xiye. Herr Neumanns Büro war im zehnten Stock eines Bürohauses in exklusiver Geschäftsgegend. Schon beim Betreten seiner Firmenräume war ein Gekicher und ein Getuschel zu vernehmen. Natürlich hatten die Teenager ihre Aufnahmen ins Netz gestellt, wo sie sich in Windeseile verbreiteten. Sogar auf Seite drei der Tageszeitung war ein Bericht mit Foto abgedruckt. Jetzt tat Xiye der arme Herr Neumann fast schon ein wenig leid.

Das änderte sich jedoch schlagartig, als beide einer älteren Dame einen Besuch abstatteten. Die Witwe besaß ein Grundstück mit Haus in bester Innenstadtlage, das der Immobilienhai Neumann liebend gern zu günstigen Konditionen erwerben würde. Xiye spürte diese Absicht sofort und ließ auch gleich den mitgebrachten Blumenstrauß verwelken, noch bevor Neumann ihn der alten Dame übergeben konnte. Das war aber nicht das einzige Bestechungsgeschenk, das er der Witwe mitgebracht hatte. Für den weißen Pudel der Frau überreichte er eine Dose Hundefutter, eines von der teureren Sorte. Wobei der Hund so schon fett genug war, als dass man ihn hätte noch zusätzlich mästen müssen.

„Wenn die alte Dame nur wüsste, auf was für einen windigen Immobilienhändler sie sich da eingelassen hat", dachte Xiye, „die Frau bedarf dringend meines Schutzes." Folglich ließ er die Muskeln des Hundes in eine Art Schockstarre verfallen, mit dem Resultat, dass der beste Freund der alten Dame nach dem Verzehr der geschenkten Mahlzeit einem Stofftier nicht unähnlich schien. Die arme Frau fiel darauf ebenfalls kurz selbst in eine Schockstarre, doch dann verwies sie den Herrn Neumann mithilfe eines Küchenbesens des Hauses. Der verstand momentan die Welt nicht mehr und rief verärgert in Richtung Haus: „Ich bekomme dein Grundstück schon noch, du alte Hexe!"

Noch am selben Nachmittag hatte Neumann einen Termin bei seiner Bank. Die Herren Banker waren sichtlich nervös. Der Inverstor eines millionenschweren Bauprojektes, zu dem auch das Grundstück der alten Dame gehörte, schien so langsam die Geduld zu verlieren. Neumann bekam noch eine Woche, um die Angelegenheit mit diesem Grundstück zu regeln. Falls er zu diesem Termin nicht liefern könne, sei der Deal geplatzt, so teilte man ihm mit. Auf diesen Schreck hin traf er sich am Abend mit seinem alten Bekannten Dr. Krumme in einer elitären Bar.

Diese Person, so fand Xiye im Laufe des Gespräches heraus, war der Leiter des städtischen Bauamtes und nicht minder korrupt als Neumann. Der Immobilienhai wollte herausfinden, ob es nicht eine Möglichkeit gäbe, das Grundstück der alten Dame zu belasten. Er dachte da zum Beispiel an eine Anliegerbeteiligung an Straßensanierungskosten, oder vielleicht an eine alte Kanalanschussgebühr, die vergessen wurde einzutreiben. Sein Plan war nämlich die alte Dame in Geldnöte zu treiben, denn von seinem Spezi in der Bank wusste er, dass deren Sparguthaben eher bescheiden war. Falls sie kurzfristig einen Betrag von mehreren tausend Euro zu begleichen hätte, dann müsste sie wohl oder übel ihr

Grundstück belasten. Sein alter Kumpel versprach, sich gleich morgen Früh im Amt mit der Angelegenheit zu befassen.

Am folgenden Tag, kurz nach zehn, Herr Neumann saß gerade an seinem Schreibtisch und studierte einige Akten, bekam er einen Anruf von seinem Freund aus dem Bauamt. Dieser hatte tatsächlich herausgefunden, dass der Kanalanschluss von dem besagten Grundstück vor über vierzig Jahren nicht abgerechnet wurde. Darüber hinaus legte dieser Mensch eine, für einen Beamten, ungewöhnliche Eile an den Tag, sodass bereits eine Rechnung in Höhe von 24.156,44 Euro, inklusive aller Verzugszinsen für 43 Jahre, an die arme Frau Bolte als Einschreiben mit Eilzustellung unterwegs war. Neumann freute sich über die gute Nachricht wie ein kleiner Junge, nur Xiye gefiel diese Entwicklung überhaupt nicht.

Jetzt sollte er dringend beim Haus der alten Dame sein, bevor der Postzusteller eintrifft. Nur wie konnte er auf die Schnelle dort hingelangen? Durch die Luft zu reisen war für einen Geist extrem gefährlich. Schon eine einfache Windböe könnte seine Gedanken und

Erinnerungen so weit voneinander entfernen, dass seine Existenz erlöschen würde, wie eine Kerze in einem geschlossenen Glas. Das konnte er nicht riskieren. Da bemerkte er den Computer auf Neumanns Schreibtisch. Xiye hatte eine Idee, wie er die Angelegenheit regeln könnte, ohne das Büro verlassen zu müssen.

Zum Glück waren diese primitiven Computer der Menschen miteinander vernetzt. Die einfachen Sicherheitsmechanismen ihrer Systeme waren für Xiye eher eine Beleidigung, als ein Hindernis. Zuerst musste dieses Einschreiben aus der Welt geschafft werden. Über den Zentralrechner der Post gelangte er in das Computersystem der örtlichen Briefverteilerzentrale. Er hatte Glück. Der besagte Brief war noch nicht in der Tasche des Zustellers. Zuerst leitete er diese Postsendung in eine andere Stadt um, und dann löschte er sie vollständig aus dem System. Aber der Brief allein reichte nicht aus, Xiye musste auch den Vorgang in der Datenbank von der Stadtverwaltung entfernen, was technisch für ihn ebenfalls kein Problem darstellte. Doch halt, da kam ihm eine bessere Idee. Er löschte diese Forderung der Stadt nicht, sondern änderte einfach den

Adressaten. Ab sofort schuldete ein gewisser Dr. Krumme der Stadtkasse 24.156 Euro und 44 Cent.

Als Neumann nach drei Tagen immer noch keine Reaktion der Witwe feststellen konnte, traf sich der Immobilienhändler noch am selben Abend auf einem dunklen Hinterhof in der Nähe vom Bahnhof mit einer offensichtlich zwielichtigen Gestalt. Aber der Geist war, wie immer, in Neumanns Nähe. Wie zu vermuten war, wurde hier ein kriminelles Geschäft abgeschlossen. Der fiese Immobilienhändler sah darin seine letzte Chance, doch noch an das Grundstück der alten Dame zu kommen. Wahrscheinlich hätte es auch funktioniert, wenn der Libellianer nicht seine schützende Hand über die Witwe gehalten hätte.

Kevin Neumann schreckte doch tatsächlich nicht davor zurück, einen drogenabhängigen Kleinkriminellen anzustiften, den Hund der alten Dame zu entführen und für dessen Freilassung Lösegeld zu verlangen. Der Deal war fast perfekt, es drehte sich jetzt nur noch um Preisverhandlungen. Neumann stellte die einfache Frage: „Also sind wir uns einig?" Der Kriminelle überlegte eine

Weile und sagte dann: „Jo Mann, ich weiß nicht." Der Drogenabhängige sprach langsam und leise. Neumann war ungeduldig und entgegnete streng: „Was gibt es an dem Plan nicht zu verstehen? Ich hab es dir jetzt schon zweimal erklärt. - Also gut, noch ein drittes Mal. Du klaust den Pudel von der Alten, dann steckst du den Erpresserbrief, den ich dir vorhin gegeben habe, in ihren Briefkasten. Danach holst du die Kohle an dem vereinbarten Übergabeort ab. Ist doch Baby einfach, oder?"

Der Kriminelle tat so, als ob er den Plan jetzt kapiert hätte und fragte: „Jo Mann, und was mach ich mit dem Hund?" Neumann stand kurz vor einem Wutausbruch und musste sich beherrschen, um nicht zu schreien: „Das ist mir scheißegal. Bring ihn zurück, oder wirf ihn in den Fluss. Kannst du machen, wie es dir gefällt." Der Kriminelle überlegte wieder, während er sich am Kopf kratzte und dann sagte er: „Jo Mann, aber die zehn Prozent vom Lösegeld sind mir zu wenig." Neumann mochte geldgierige Partner, die dazu noch dumm genug waren, sich übers Ohr hauen zu lassen. Er tat so, als würde er auf eine höhere Forderung eingehen: „Also gut, dann bekommst du eben 500 Euro." Jetzt konnte man zusehen, wie das Gehirn des Junkies zu arbeiten begann. Fast schon verzweifelt versuchte er zu errechnen, ob das mehr als die ursprünglichen zehn Prozent von 25.000 Euro ist. Leider ohne Erfolg. Zum einen freute sich Neumann an einen derart dummen und naiven Menschen geraten zu sein, zum anderen überkamen ihn leise Zweifel, ob diese Person der Aufgabe gewachsen wäre. Schließlich stimmte der Kriminelle mit: „Jo Mann, 500 Ocken sind OK", zu.

Und schon am folgenden Abend stand der Entführer mit Wurst und Jutesack bewaffnet vor dem Haus der alten Dame, nur darauf wartend, dass der Pudel unbeaufsichtigt im Garten sein abendliches Geschäft erledigte. Aber auch der uralte Geist war auf der Hut. Er hatte vorsorglich die Hunde der Nachbarschaft überredet, in der Nähe des Gartens auf ihren Einsatz zu warten. Die Gedanken von Hunden zu manipulieren, war genauso einfach wie die er Menschen. Wie jeden Abend, Punkt neun Uhr, schickte die Witwe ihren Pudel in den Garten, damit er sein Geschäft verrichtete. Da ein altmodischer Jägerzaun das Grundstück umgab, hatte sie keine Bedenken, den Hund alleine ins Freie zu lassen.

Als nun der Pudel an seinen Lieblingsbaum gepinkelt hatte, versuchte der Kleinkriminelle ihn mit der Wurst in den Sack zu locken. Jetzt war es Zeit für den Einsatz der Nachbarshunde. Xiye manipulierte den Zaun, damit die Hunde ungehindert auf das Grundstück gelangten. Es war schon eine bunte Mischung von Hunderassen, die sich da im Halbkreis hinter dem Kidnapper aufgestellt hatten. Von einer dänischen Dogge über Golden Retriever, bis hin zum Dackel war alles vertreten.

Der Hundedieb war so sehr mit dem Pudel beschäftigt, dass er das muntere Treiben hinter seinem Rücken nicht bemerkte. Erst als die Hunde anfingen zu knurren und ihre Zähne zu fletschen, drehte sich der Mann kurz um und traute seinen Augen nicht. Seine letzten Worte waren: „Jo Mann, ich tu euch nix, tut mir auch nix." Dann sprang er wie ein Athlet über den Zaun und rannte die Straße hinunter. Die Hunde der Nachbarschaft rannten bellend hinterher.

Aber in dieser Nacht verbarg sich noch jemand im Garten der alten Dame. Neumann war seinem kriminellen Helfer gefolgt, da er dessen Scheitern schon geahnt hatte, und versteckte sich hinter einer Johannisbeerhecke. Jetzt nutzte er das Durcheinander zu seinem Vorteil, packte den Pudel und war gerade dabei ihn in den Sack zu stecken, den der gedungene Entführer bei seiner übereilten Flucht zurückgelassen hatte. Der Geist bemerkte die Tat in letzter Sekunde und flößte blitzschnell dem verängstigten kleinen Hund den Mut eines Rottweilers ein. Der Pudel ging zum Angriff über und erwischte Neumann genau zwischen den Beinen, da wo es einem Mann besonders schmerzte. Der Immobilienhai hatte die größte Mühe, einen lauten Aufschrei zu unterdrücken, so sehr schmerzte ihn der Biss des Hundes. Im Moment, da der Pudel von ihm abließ, rannte Neumann ebenfalls wie ein olympischer Rennläufer davon. Erst in seinem Auto sitzend schrie er vor Schmerz. Aber Xiye hatte mittlerweile kein Mitleid mehr mit diesem Mann.

Der uralte Geist war weise genug, um zu erkennen, dass dieses Spiel so nicht weiter gehen konnte. Der

Ehrgeiz und die Schlechtigkeit dieses Herrn Neumann waren grenzenlos, sodass er nicht eher ruhen würde, bis er das Grundstück der Frau in seinem Besitz hätte. Es wäre wohl für alle das Beste, ihm diesen Wunsch zu erfüllen. Beim nächsten Zusammentreffen mit der alten Dame sorgte Xiye dafür, dass die Frau einem Verkauf ihrer Immobilie zustimmte. Neumann fackelte nicht lange und schleppte die alte Dame zu einem Notar, wo der Kaufvertrag rechtskräftig beurkundet wurde. Das Herz des Immobilienhändlers drohte fast zu zerspringen vor Freude. Hatte er es doch wieder geschafft, einer alten Lady für lächerliche 75.000 Euro ein Grundstück abzuschwatzen, für das er ein Vielfaches erlösen würde. Neumann ahnte zu diesem Zeitpunkt noch nicht, dass er damit seinen Absturz selbst besiegelt hatte. Der Racheplan des libellianischen Geistes war noch nicht zu Ende. Er spielte einmal mehr mit den blauen Tintenmolekülen auf dem weißen Papier. Aus den 75.000 Euro wurden auf sämtlichen Anfertigungen 7,5 Millionen Euro und das alles notariell beglaubigt. Er änderte die Zahl natürlich genau so im elektronischen Dokument.

Herr Neumann hatte über das Wochenende den erfolgreichen Geschäftsabschluss ausgiebig gefeiert, sodass er selbst am Montag trotz Kater noch ein zufriedenes Grinsen im Gesicht hatte. Bis zu dem Zeitpunkt, als er einen Anruf von seinem Bankberater erhielt, der in etwa so begann: „Hallo Kevin, hier ist Tom. Du, wir haben da ein Problem mit der Überweisung für deinen letzten Immobilienkauf." Worauf Neumann ganz erstaunt fragte: „Wieso gibt es da ein Problem?" „Die Höhe der Überweisungssumme ist, ich will mal sagen, ungewöhnlich hoch", antwortete der Bankangestellte." „Seit wann sind 75.000 Euro ein Problem für euch?", fragte Herr Neumann sehr erstaunt. Darauf legte sein Kumpel und Bankberater los: „Fünf-und-siebzigtausend? Du bist ein Witzbold. Sag mal, hast du eigentlich noch alle Tassen im Schrank? Der alten Lady so viel Geld für ihr Grundstück zu zahlen. Falls du damit gerechnet hast, dass die Bank mehr als die vertraglich vereinbarten zwei Millionen bezahlt, dann hast du dich geschnitten. Weil wir aber schon so viele Jahre gute Geschäftsbeziehungen mit dir und deiner Firma pflegen und du ein loyaler Kunde unser Bank bist, hat unser

Kreditausschuss beschlossen, dir ein entsprechendes Darlehen zu gewähren."

„Halt, halt! Wovon sprichst du eigentlich?", unterbrach ihn Neumann, „ich habe das Grundstück für 75.000 Euro gekauft." Daraufhin fuhr der Bankangestellte mit der Belehrung fort: „Hast du schon einen Blick auf den Vertrag geworfen, den du letzte Woche beim Notar unterschrieben hast? Da stehen unmissverständlich 7,5 Millionen Euro. Das Geld wurde bereits überwiesen, da unser Investor dieses Grundstück unbedingt benötigt. Der Kreditvertrag und der Tilgungsplan sind auch schon an dich unterwegs." Das breite Grinsen war gänzlich aus Neumanns Gesicht verschwunden. Apathisch saß er an seinem Schreibtisch, den Telefonhörer immer noch am Ohr.

„Hallo Kevin, bist du noch in der Leitung, oder hat dich der Schlag getroffen?", tönte es aus dem Lautsprecher. „Pass auf, das läuft jetzt folgendermaßen. Du bekommst die zugesagten zwei Millionen von der Bank für dieses Grundstück. Zudem kaufen wir dir deine Villa, deinen Fuhrpark, die Finka auf Mallorca und den

Weinberg in der Toskana für weiter zwei Millionen ab. Das ist ein fairer Preis, da kannst du nicht meckern. Dann schuldest du uns nur noch 3,5 Millionen. Für 2,5 Millionen würden wir 90% Anteile deiner Immobilienfirma übernehmen. Die restliche Million kannst du dann ruhig in den kommenden fünfzig Jahren abstottern. - Ach übrigens, die Schlösser in deinem ehemaligen Haus werden gerade ausgetauscht und die Autos wird demnächst jemand abholen. - Ach noch eine Kleinigkeit, ich habe gehört, dass deine Exfrau dich auf eine Million Unterhalt verklagen wird."

Der Geist hatte erreicht, was er wollte. Die Zerstörung seines Biotops und die üblen Machenschaften mit der armen alten Witwe waren gerächt. Dieser Neumann war ein Stehaufmännchen, eine Kämpfernatur. Xiye hatte keine Zweifel, dass er sich von ganz unten wieder nach weit oben hocharbeiten würde. Hoffentlich hatte dieser Immobilienhändler seine Lektion gelernt und wird ein Stück weit ein besserer Mensch. Witwe Bolte kaufte der Bank das Stadtpalais, das einst das Zuhause von Kevin Neumann war, ab und wohnte bis an ihr Lebensende glücklich und zufrieden darin. Ihr Pudel freute sich über den parkähnlichen Garten und Xiye der Geist belegte das alte Gemäuer des Hauses, wo er bis zum heutigen Tag residiert.

Von der Fee zum schwarzen Stein

Einer der Schüler, der schon vorhin sehr skeptisch war, richtete die berechtigte Frage an den Erzähler: „Wieso weiß die Wissenschaft nichts von diesen Wesen? Es gibt doch versteinerte Abdrücke von Lebewesen, die vor mehreren hundert Millionen Jahren gelebt haben." Der Geschichtenerzähler wusste natürlich auch auf diese Frage eine Antwort. Er belehrte den Jungen: „Wenn wir bis heute noch keine Spuren von den Libellianern gefunden haben, dann heißt das nicht, dass es sie nicht gegeben hat. Du solltest bedenken, dass diese Wesen, als sie noch Geschöpfe aus Fleisch und Blut waren, weder Knochen noch Panzer besaßen, sondern zerbrechliche Insekten waren. Wenn die Menschen einmal ausgestorben sind, was wird wohl nach über zweihundert Millionen Jahren noch von ihnen übrig sein? Außerdem lagern in den Museen der Welt viele Tonnen von Artefakten, die bis heute noch nicht wissenschaftlich untersucht wurden. Darunter könnte durchaus das versteinerte Fragment eines libellianischen Flügels sein.

Aber selbst wenn wir solch einen Beweis hätten, könnte das ein Beleg für ihren Geist sein?"

Ein anderer Schüler fragte: „Woher kennen sie denn die Geschichte von Xiye?" Der Fremde war keineswegs genervt über so viel Anteilnahme an seinen Geschichten. Er antwortet bedacht und glaubwürdig: „Ein Wanderer wie ich, der kommt viel herum in der Natur. Eines Tages traf ich in einem Wald, bei einer Quelle, aus der köstlich klares Wasser sprudelte, eine Fee." Leises Gelächter machte die Runde und der freche Andi sagte: „Wir sind keine Erstklässler, und an Feen glauben wir schon lange nicht mehr." Da musste auch der Fremde lachen und fuhr dann mit seiner Geschichte fort: „Ich glaubte zuvor auch nicht an Feen, bis ich ihr begegnet bin. Ich war schon lange auf den Beinen und freute mich endlich eine Quelle und einen Platz zum Rasten gefunden zu haben. Neben dem Wasserspender stand ein rostfarbener Hinkelstein aus Granit. Ich legte mich auf ein Nickerchen nieder und ahnte nicht, dass in diesem Hinkelstein ein libellianischer Geist wohnte.

Während ich schlief, trat sie mit mir auf telepathischem Wege in Verbindung. Ich befand mich in einem Zustand zwischen Traum und Tiefschlaf, als der Geist einer Libellianerin sich mir offenbarte. Sie projizierte das Bild einer wunderschönen Fee mit Libellenflügeln in mein Gehirn. Ich nehme an, sie suchte nur ein wenig Gesellschaft, indem sie mir die Geschichte von ihrem Bruder Xiye erzählte." Der Fremde sah an dem Gesichtsausdruck der Schüler, dass noch viel Zweifel übrig war. Dann sagte er noch scherzhaft: „Übrigens, die Sache mit den drei Wünschen ist leider nur ein Märchen. Libellianische Geister haben viele Fähigkeiten, aber Wünsche erfüllen gehört nicht dazu."

„Vielen Dank, lieber Geschichtenerzähler", sagte der Lehrer und fuhr an die Schüler gerichtet fort: „Ich fürchte, wir sollten jetzt schlafen gehen, denn morgen müssen wir früh aufbrechen, damit wir noch vor dem Mittagessen wieder in der Schule sind." Jedoch eine Welle des Widerspruchs überrollte den Pädagogen. „Wir sind aber noch nicht müde", protestierten die Schüler. „Wir wollen noch eine Geschichte hören", baten sie. „Der arme Geschichtenerzähler ist sicherlich auch schon recht müde. Wir sollten ihm seine Ruhe gönnen", meinte der Lehrer erneut. Darauf meldete sich der Fremde und sagte mit seiner dunklen Stimme: „Mein lieber Freund, ich denke, es ist noch Zeit für eine letzte Geschichte." Und an die Schüler gewandt fragte er: „Wollt ihr noch eine Geschichte hören?" Die Antwort kam wie aus der Pistole geschossen und es war natürlich ein lautes: „Ja!"

Der Fremde griff in seine Hosentasche und holte ein schwarzes, scheibenförmiges Ding heraus und legte es vor sich auf den Tisch. Bei näherem Hinsehen entpuppte sich der Gegenstand als ein blankpolierter, rabenschwarzer Kieselstein mit einem elfenbeinfarbenen Muster, das wie eine alte germanische Rune aussah. Der Stein war etwa so groß wie eine Männerhand. „Diesen Stein", erklärte er, „habe ich von einer jungen Frau bekommen, die in meinen Armen gestorben ist." Dann fragte er noch einmal: „Seid ihr sicher, dass ihr diese Geschichte hören wollt?" Und wieder ertönte ein eindeutiges und lautes: „Ja!" „Aber ich muss euch warnen", sagte der Fremde, „der Inhalt dieser Geschichte ist nichts für schwache Nerven."

„Ach glauben sie mir, mein Freund", entgegnete der Lehrer, „die Kids von heute sind dank Internet ziemlich abgebrüht."

Ein rabenschwarzer Kieselstein

Einst führte mich meine Wanderung durch einen weit ausgedehnten urtümlichen Wald. Es war ein heißer Sommertag, so wie heute, und ich war froh im kühlen Schatten der mächtigen Laubbäume unterwegs zu sein. Ich folgte einem gut ausgebauten Forstweg, bis dieser sich mit einem ebenbürtigen Waldweg kreuzte. Schon einige Schritte vor der Kreuzung hörte ich ein Stöhnen und Winseln, als würde im Unterholz ein verletztes Tier liegen. Je näher ich der Wegkreuzung kam, desto stärker wurde das Mitleid erregende Geräusch. Mitten auf der Kreuzung blieb ich stehen und schaute mich nach allen Seiten um. Und da sah ich sie.

In einem Entwässerungsgraben, gleich neben dem Weg lag eine junge Frau. Sie war übel zugerichtet. Ihr ganzer Körper war übersäht mit Stich- und Schnittwunden und quer über ihren Bauch verlief eine tiefe Wunde, sodass an manchen Stellen das Gedärm zu sehen war. Ich versuchte ihr mit den bescheiden Mitteln, die mir zur Verfügung standen, zu helfen, aber ihre

Verletzungen waren zu schwer. In ihrer rechten Hand hielt sie krampfhaft einen glänzenden, schwarzen Kieselstein mit einer eingebetteten, elfenbeinfarbenen Zeichnung einer germanischen Rune, der für sie scheinbar von bedeutendem Wert war. Mit ihren letzten Atemzügen erzählte sie mir, was es mit dem wundersamen Stein auf sich hatte.

Jenny, so hieß die Frau, wurde gerade mal vierundzwanzig Jahre alt. Sie war eine jener Frauen, die von Mutter Natur in Sachen Attraktivität nicht gerade üppig ausgestattet wurde. Sie zählte, selbst für ein weibliches Wesen, mit einer Körpergröße von nur einem Meter sechzig eher zu den Kleinwüchsigen. Dafür war ihr Becken aber unpassend überdimensioniert. Die Oberschenkel erinnerten eher an einen Fußballprofi, als an eine zierliche Dame. Auf ihrem kindlich runden Kopf wuchsen dunkelrote Haare, die sie viel zu kurz geschnitten hatte. Mit ihren abstehenden Ohren hätte sie gut die Tochter eines englischen Thronfolgers sein können.

Kurzum, sie war nicht der Typ Frau, nach der sich die Männer auf der Straße umdrehten, oder der ein Trupp Bauarbeiter nachpfiffen, wenn sie an der Baustelle vorbei spazierte. Dennoch gab es in ihrem Leben Männer, die sich für sie interessierten, aber mit denen wollte sie nichts zu tun haben, und die Herren, die für sie infrage kamen, wollten nichts von ihr wissen. Deshalb widmete sie ihre Freizeit lieber der Natur und den Tieren. Ganz besonders hatte es ihr die Gattung der Insekten angetan. So darf man sich nicht wundern, dass ihre kleine Wohnung in der Altstadt voll von Terrarien und Fachbüchern über Pflanzen und Tiere war. Jede freie Minute verbrachte sie draußen in der Natur, sofern das Wetter ihr diese Leidenschaft gestattete.

An einem herrlichen Sonntagmorgen im Mai, kurz nach den Eisheiligen, ging Jenny wieder einmal auf Exkursion. Schneeweiße Schäfchenwolken tummelten sich vereinzelt an einem tiefblauen Himmel. Die frische, klare Luft duftete nach all den vielen Blüten, die den Frühling so sehr herbeigesehnt hatten, wie Jenny das tat. Natürlich waren jede Menge Pollen in der Luft, aber Gott sei Dank litt die junge Frau nicht an einer Allergie. Sie hatte ihren kleinen Rucksack angelegt, ihre Nordic-Walking-Stöcke in die Hand genommen und war losmarschiert. Durch enge, verwinkelte Gassen führte sie ihr Weg in den Stadtpark, den sie zügig durchquerte, um schnell den angrenzenden Wald zu erreichen.

Dieser Forst gehörte zu dem Naherholungsgebiet der Stadt und war deshalb ausgezeichnet erschlossen. Gepflegte Fahrrad- und Wanderwege, alle bestens ausgeschildert, durchzogen den aufgeräumten Wald. Es versteht sich von selbst, dass hier immer viele Freizeitsportler unterwegs waren, sei es zum Joggen, Radfahren oder Skaten. Jenny mochte diesen Rummel nicht und wanderte deshalb stets tiefer in den Wald hinein. Dabei folgte sie immer ein und demselben Forstweg. Jedoch war sie diesem steinigen Weg noch niemals zuvor so tief in den Wald gefolgt. Sie fühlte aber keine Angst, sondern genoss das von Zivilisationslärm ungestörte Vogelkonzert.

Kilometer für Kilometer wurde der Wald wilder und uriger. Links und rechts des Weges gab es jetzt viel undurchdringliches Unterholz. Ab und zu lagen zwischen jungen Bäumen die Überreste alter Exemplare, die schon seit Jahrzehnten kein Waldarbeiter berührt hatte. Unter riesigen Fichten blieb sie kurz stehen, um diese einmalige Waldluft zu inhalieren. Die sich so angenehm feucht anfühlte und nach Moos und Baumharz duftete. Jenny wanderte noch etwa eine halbe Stunde weiter, dem Forstweg folgend, in einen unbekannten Urwald hinein. Dann erreichte sie eine Stelle, an der ein zweiter Waldweg den ihrigen im rechten Winkel kreuzte.

Schon von Weitem sah sie mitten auf der Kreuzung etwas glitzern. Neugierig geworden lief sie bis zum Schnittpunkt der Forstwege und ging neben dem Objekt in die Hocke. Es war ein rabenschwarzer Kieselstein, dessen glattpolierte Oberfläche die wenigen Sonnenstrahlen, die durch das löcherige Blätterdach auf die Kreuzung drangen, reflektierte. Sie bemerke auch diese seltsame elfenbeinfarbige Zeichnung in dem Stein, die stark an eine altgermanische Rune erinnerte. Jenny beschloss kurzer Hand, dieses Mineral, als Andenken an ihre heutige Wanderung, mit nachhause zu nehmen. Sie hob den Stein vorsichtig vom Boden ab. Er fühlte sich ungewöhnlich angenehm an, so gar nicht wie ein kalter

Stein, und nach ihrem Empfinden wog er, gemessen an seiner Größe, mehr als ein normaler Kieselstein.

Sie schaute noch einmal auf die Stelle, wo der flache Stein gelegen hatte und bemerkte dort ein fingerdickes Loch, das, so schien es, sehr tief in die Erde reichte. Plötzlich kroch eine dicke schwarze Spinne aus diesem Loch und rannte über den Weg in den angrenzenden Wald, wo sie sehr bald unter der dicken Laubdecke vom letzten Winter verschwand. Jetzt krabbelte noch eine ebenso dicke und schwarze Spinne aus dem Loch und dann noch eine und noch eine. „Da unten muss wohl ein Nest sein", dachte Jenny und glaubte mit dem Entfernen des Steines die armen Spinnen gerettet zu haben. Es kletterten immer mehr von diesen achtbeinigen Lebewesen aus dem besagten Loch. Eine ganze Armee von schwarzen Spinnen ergoss sich in Richtung Wegesrand. Nach einer Weile war dann Schluss mit der Krabbelei. Jetzt drang ein übler Geruch nach Schwefel und faulen Eiern aus diesem ominösen Loch. Jenny fühlte, dass noch etwas anderes aus dieser Öffnung kriechen würde. Sie wartete.

Nach einer viertel Stunde spitzten zarte, lange und zerbrechliche Fühler aus der Erde. Danach folgte eine in allen Farben des Regenbogens schillernde Raupe mit langen Haaren. So etwas Schönes hatte Jenny in all ihren Exkursionen noch nie entdeckt. Sie konnte sich auch nicht erinnern, in ihren Fachbüchern je so eine Raupe gesehen zu haben. Also beschloss sie, das Insektenbaby mit zu ihr nachhause zu nehmen. Sie holte aus ihrem Rucksack eine durchsichtige Plastikdose mit Luftlöchern im Deckel und legte die Raupe ganz vorsichtig darin ab. Jetzt wollte sie so schnell wie möglich zurück in ihre kleine Wohnung, um dort nach der Art des Insekts zu forschen, welches solche Raupen hervorbringt. Auf dem Heimweg versuchte sich Jenny auszumalen, was wohl aus dieser prächtigen Raupe einmal entstehen würde. Vielleicht ein ebenso prächtiger Schmetterling oder ein schillernder Käfer.

Zurück in ihrer Wohnung richtet sie sofort ein Terrarium für die Raupe her, dann wälzte sie ihre Insektenbücher, aber sie konnte keine Abbildung entdecken, die auch nur annähernd so aussah wie ihr Fund. Dann suchte sie im Internet nach passenden

Kandidaten, wurde aber auch dort nicht fündig. Schließlich stellte sie ein Foto von der Raupe in ihren Blog und hoffte, dass jemand dieses Insekt kannte. Ihr Trost war, dass, wenn die Natur ihren Lauf nimmt, sie in einigen Wochen das Ergebnis sowieso sehen würde. In ihrer Phantasie sah sie sich schon überhäuft von Ehrungen als berühmte Entdeckerin einer neuen Spezies.

Tags darauf musste Jenny leider feststellen, dass ihre Raupe nicht fressen wollte. Sie verschmähte sowohl den frischen Salat als auch den schmackhaften Spinat. Erst als ihr aus Versehen einige getrocknete Mehlwürmer in das Terrarium fielen, bemerkte sie, dass ihr Gast scheinbar Fleischfresser war. Diese kleine Raupe legte einen gehörigen Appetit an den Tag. Bis zum Abend hatte sie eine volle Dose Katzenfutter an das gefräßige Insekt verfüttert. Am nächsten Morgen, es war Jennys freier Montag, war das Tier bereits so dick wie ihre Leberwurst im Kühlschrank. Schon bis Mittag hatte es ihren kompletten Vorrat an Katzenfutter aufgefressen. Und am Abend machte die Frau den verhängnisvollen Fehler. Sie nahm das Tier aus dem Terrarium und setzte es auf ihren Unterarm. Es dauerte nur wenige Sekunden, bis die

Raupe durch einen Giftstachel eine bewusstseinsverändernde Droge in den Arm der Frau injizierte. Ab diesem Zeitpunkt war Jenny nicht mehr Herr über sich selbst. Sie war der Raupe hörig.

Schon in derselben Nacht schickte das Monster die junge Frau auf die Straße mit dem Ziel, Futter zu besorgen. Auf dem Flur lief ihr Benny, der Hund einer Nachbarin, über den Weg. Er war nur eine Straßenmischung in Form und Größe eines Beagles, aber für die Rentnerin ersetzte er ein Familienmitglied. Benny kannte Jenny, deshalb folgte er ihr arglos in die Wohnung, wo schon die gefräßige Raupe ungeduldig wartete. Mit seinen großen braunen Dackelaugen schaute er erwartungsvoll auf die Portion Hackfleisch, welche ihm Jenny gerade bereit war zu geben. In normalem Zustand hätte die junge Frau alles getan, um den Hund zu retten, aber so präsentierte sie das betäubte Tier der Raupe zum Fraß.

In den folgenden Nächten fing sie herrenlose Hunde und Katzen ein, die dann als Raupenfutter endeten. Zuerst spritzte die Raupe ein lähmendes Gift in ihre

Beute, danach wurde das Opfer mit Verdauungssekret voll gepupt und nach einer Weile saugte sie das verflüssigte Innere des Tieres aus. Jenny, die zu ihrer willenlosen Sklavin geworden war, durfte schließlich die leeren Hüllen entsorgen. Dazu schnitt sie die hohlen Körper in handliche Stücke und verbrannte diese im Ofen der Heizungsanlage. Bald waren die Laternenpfähle in dem Stadtviertel übersäht mit Suchanzeigen für vermisste Haustiere.

Für Jenny wurde es immer schwieriger, Nahrung für die Raupe zu finde. Sie brach nachts in Metzgereien ein und plünderte die Kühlräume. Tagsüber schlief sie. Bei ihrem Arbeitgeber hatte sie sich krankgemeldet. Hygiene spielte für die Frau keine Rolle mehr, weder waschen noch Zähne putzen. Die Haare waren strähnig und fettig und sie roch wie ein altes Butterfass. Doch dann geschah die nächste wundersame Wendung.

Die Raupe verabreichte der Frau eine weitere Droge, die gestaltverändernde Wirkung hatte. Jenny wuchs. Ihre Beine wurden lang und schlank. Ihr Busen wurde groß und prall, wie der einer Porno-Queen, und ihre Haare reichten bis zur Hüfte. Das Gesicht wurde ovaler, die Lippen voller und sinnlicher, die Augen leuchtend und groß. Dafür wurden die Ohren kleiner und anliegend. Sie hätte jetzt gute Chancen bei einem Modelwettbewerb gehabt. Diese Option war natürlich nicht die Absicht der Raupe, denn ihre Motivation galt ausschließlich der Beschaffung neuer Nahrung.

In den kommenden Nächten suchte die mutierte Jenny nicht mehr nach Haustieren in den dunklen Gassen der Stadt, oder brach in Metzgereien ein. Nein, sie besuchte Nachtclubs, mit der Absicht dort paarungswillige Männer abzuschleppen. Sie lotste die unglückseligen Freier in ihre Wohnung, wo sie dann von der Raupe verspeist wurden. Ihr erstes menschliches Opfer war durch eine seltsame Fügung des Schicksals ein Arbeitskollege. Sie erkannte ihn nicht und er erkannte sie auch nicht, so verändert, wie sie war. Vor ihrer Wohnungstür bekam der Mann Skrupel und wollte die Sache abbrechen. Er sagte: „Das ist ein komischer Zufall. In diesem Haus wohnt auch meine Arbeitskollegin. Wenn ich bedenke, dass ihre Wohnung vielleicht gleich nebenan ist, dann möchte ich jetzt doch lieber nachhause. Ich mag sie nämlich, und es wäre mir nicht recht, wenn sie etwas von uns mitbekommen würde."

Die verwandelte Jenny, aber packte den Mann an der Krawatte und presste ihre Lippen fest auf seine. Ihre andere Hand glitt langsam in seine Hose. Leider sinkt bei uns Männern der Vernunftpegel, sobald der Testosteronspiegel steigt. Er folgte ihr wie ein Lamm zur Schlachtbank in die Wohnung, wo sie ihm einen betäubenden Trank servierte und schließlich ihrer Herrin, der Raupe zum Aussaugen vorlegte. Diese Prozedur wiederholte sich noch fünf weitere Nächte.

Eines Morgens stellte das raupenähnliche Monster die Nahrungsaufnahme ein. Bevor es sich einen geschützten Platz zum Verpuppen suchte, verabreichte es der armen Frau ein Schlafmittel. Mit der Zeit verflüchtigte sich die Wirkung der Drogen und Jenny hatte ihre gewohnte Gestalt zurück und ihr eigener Wille stellte sich auch wieder ein. An die schlimmen Dinge, die sie während der vergangenen Wochen getan hatte, fehlte ihr jegliche Erinnerung.

Als sie aus ihrem komatösen Schlaf erwachte, sah sie als Erstes den Kokon an der Decke ihres Schlafzimmers hängen. Er war feuerrot und ledrig und reichte von der Decke bis zum Fußboden. Jenny wunderte sich, weshalb sie auf dem Teppich neben dem Bett lag, und weshalb so ein seltsames Ding in ihrem Schlafzimmer hing. Aber am meisten fragte sie sich, weshalb sie solche Kopfschmerzen hatte. Die junge Frau wähnte sich ganz schrecklich schmutzig, so führte sie ihr erster Weg in die Dusche. Frisch gewaschen fühlte sie sich wieder wie ein neuer Mensch, der schon seit Tagen nichts mehr gegessen hatte. Jenny stürzte sich auf den Kühlschrank in der Küche, aber der war leer. Wenigstens war noch Kaffeepulver im Schrank und nach einer Tasse Kaffee sah die Welt schon etwas rosiger aus.

Als sie in ihr Wohnzimmer kam, traf sie fast der Schlag. Alle Pflanzen waren verdorrt, die Möbel lagen kreuz und quer auf dem Boden herum und überall klebte eine stinkende Masse. Auf dem Couchtisch stand noch das Terrarium, indem sie einst die kleine regenbogenfarbene Raupe untergebracht hatte. Jetzt erst erinnerte sich Jenny wieder an ihren Fund von der Kreuzung im Wald.

War dieses Ding im Schlafzimmer etwa die Puppe jener Raupe? Sie lief sofort zu dem Kokon. Sie umrundete die Puppe einmal, dann ein zweites Mal und schließlich noch ein drittes Mal. Sie war sich nun sicher, das musste der Kokon der Raupe sein. „Wow, muss die gewachsen sein, damit sie so eine große Puppe braucht", dachte Jenny. Aber die Puppenhülle war bereits aufgebrochen und leer. Das Insekt muss schon geschlüpft sein. Der Umstand, dass sie nun nie erfahren wird, welches Insekt aus dieser seltenen Raupe geworden ist, ärgerte sie etwas. Aber in Anbetracht der Größe der Puppe legte sie auf eine Begegnung mit dem Insekt keinen Wert.

Jetzt meldete sich der Hunger doppelt so heftig als vorhin. Also nichts wie los zum Einkaufen. Vor dem Supermarkt fielen ihr die vielen Vermisstenanzeigen auf. Jede Menge Fotos von lieben Kätzchen und treu blickenden Hunden war dort zu sehen. Da kam ihr in den Sinn, dass ihre Katze auch verschwunden war. Auf dem Rückweg leerte sie ihren total überfüllten Briefkasten.

Die Durchsicht der Post brachte eine unangenehme Überraschung. Unter den vielen Briefen war auch eine fristlose Kündigung von ihrem Arbeitgeber. Nachdem sie diese schlechte Botschaft und das Mittagessen verdaut hatte, machte sich Jenny ans Aufräumen und Durchwischen der Wohnung. Den Kokon schnitt sie in kleine Stücke und stopfte ihn in die Mülltonne. Danach fühlte sie sich ausgelaugt und hundemüde, weshalb sie schon früh zu Bett ging.

Weil es in der Wohnung immer noch muffelte und sie sich im dritten Stock sicher fühlte, ließ sie das Schlafzimmerfenster offen. Wie sich herausstellte, ein verhängnisvoller Fehler. In der Nacht, da der Vollmond durch das offene Fenster schien und eine frische Böe die Vorhänge zum Schwingen brachte, kam das geschlüpfte Insekt zurück. Nun ein Insekt war es nicht direkt, sondern ein höllischer Dämon flog durch das offene Fenster in Jennys Schlafzimmer. Ein Geschöpf aus der Zwischenwelt, das durch die fatale Neugier einer jungen Frau in unsere Welt gelangt war. Es maß von den Füßen bis zum Kopf eineinhalb Meter. Seine Haut war schuppig und rot wie das Feuer. Seine Augen leuchteten wie glühendes Eisen. Seine Nase war fast nicht vorhanden, nur ein Paar Löcher klafften zwischen Augen und Maul. Aus seinem Unterkiefer ragten zwei spitze Reißzähne weit über die Oberlippe hinaus. Das Kinn lief spitz zu und endete in einer Art Dorn. Auf dem Kopf hatte die Kreatur Hörner und links und rechts befand sich je ein großes abstehendes Ohr. Aus den Mundwinkeln tropfte grünlicher Schleim und sein Atem roch nach fauligem Fleisch. Sein Oberkörper und seine Arme waren muskulös, wie der eines Bodybuilders. Aus seinem Rücken wuchsen zwei häutige Flügel, ähnlich denen einer Fledermaus. An den Flügelspitzen waren ebenfalls dornartige Fortsätze. Anstelle von Fingernägeln wuchsen rasiermesserscharfe Krallen. Die Hände waren groß und kräftig, wie die eines Gorillas. Seine Beine waren verhältnismäßig kurz, aber ebenfalls überaus muskulös. Auch an den Füßen hatte der Dämon scharfe Krallen und am Knöchel einen nach hinten gebogenen Dorn, spitz und scharf wie ein Dolch. So stand dieses Wesen nun vor dem Bett der Schlafenden.

Diese Ausgeburt der Hölle kletterte auf das Bett und setzte sich auf die Frau. Jetzt erst wachte Jenny auf und sah in die glühenden Augen des Ungeheuers, aber sie war wie gelähmt, sie konnte weder schreien noch sich bewegen. Sie fühlte, wie etwas in ihren Unterleib eindrang, dann wurde sie bewusstlos. Der Dämon ließ von der jungen Frau ab und verschwand durch das Fenster in den sommerlichen Nachthimmel. Jenny schlief abermals drei Tage und drei Nächte. Als sie wieder erwachte, war sie sich nicht mehr sicher, ob diese schreckliche Begegnung mit dem Dämon real war, oder ob sie das Ganze nur geträumt hatte.

Zehn Tage nach jener Horrornacht erwachte Jenny mit fürchterlichen Schmerzen im Unterleib. Sie erschrak beinahe zur Salzsäule erstarrend, als sie das blutige Bettlaken und die sieben tischtennisgroßen Kugeln zwischen ihren Beinen erblickte. Instinktiv spürte sie, dass diese nur die Eier jenes Tieres sein können und genauso instinktiv wusste sie, dass diese Eier zerstört werden müssen. Also sammelte sie die sieben Kugeln ein und platzierte sie auf dem Küchentisch in einem Teller. Sie holte ihr größtes und schärfstes Messer aus der Schublade und versuchte damit die Eier zu zerschneiden, aber die Schale hatte nicht einmal einen Kratzer. Dann kramte sie den Hammer aus der Werkzeugkiste und schlug damit auf eines der sieben Eier ein, aber das Ei bekam nicht einmal eine kleine Delle.

Anscheinend konnte man den Dingern mechanisch nicht beikommen. „Ich sollte es mal mit Hitze versuchen", dachte Jenny und steckte alle sieben Kugeln in die Mikrowelle. Dann drehte sie auf volle Energie und drückte die Start-Taste. Blitze zuckten im Garraum, Rauch stieg aus der Steuereinheit. Ihre Mikrowelle war Schrott, aber die Eier erfreuten sich bester Gesundheit. Jenny war der Verzweiflung nahe. Doch dann erinnerte sie sich an den schwarzen Kieselstein. „Wenn dieser Stein einen Dämon in der Erde gefangen halten kann, dann kann er womöglich auch dessen Eier zerstören", überlegte die junge Frau. „Wo zum Teufel habe ich den Stein hingeschmissen?", fragte sie sich. Sie grübelte nicht lange, dann fiel es ihr wieder ein, dass sie diesen Stein als Zierde in ihren Blumenkasten gelegt hatte. Und siehe da, mit dem schwarzen Stein ließen sich die Eier in tausend Fetzen zerschlagen.

Das eine Problem war gelöst, doch nun fühlte sich die Frau verantwortlich, die Sache mit dem Dämon rückgängig zu machen. Nach ihrer Theorie gab es nur eine Möglichkeit, sie musste den schwarzen Stein, der scheinbar über magische Kräfte verfügte, wieder auf das Loch in der Kreuzung legen. Kurzerhand packte sie den Stein in ihren Rucksack und machte sich unverzüglich auf den Weg zu dieser Kreuzung. Auf den ersten Blick schien das ein sehr einfaches Unternehmen zu sein. Stein aus dem Rucksack nehmen, auf das Loch im Boden legen und fertig.

Der erste Teil des Plans war auch so einfach, doch der Letztere gestaltete sich schwierig bis unlösbar, denn als wolle man zwei starke Magnete mit demselben Pol aufeinanderlegen, so stieß das Loch den Stein ab. Die Kraft der Frau reichte nicht aus, um das Öffnung in der Erde mit dem Stein zu verschließen. Wie sie es auch versuchte, mit den Füßen, mit dem Bauch oder mit dem Hintern, der Stein wurde immer wieder zur Seite geschleudert.

Mittlerweile hatte auch der Dämon die Gefahr gewittert. Er kreiste zwölfmal über der Kreuzung, dann stieß er auf die schwache Frau hernieder. Das Monster ahnte auch das tödliche Schicksal seiner Eier und war deshalb umso wütender. Mit seinen scharfen Krallen fügte er Jenny im Gesicht und am Hals tiefe Kratzer zu, worauf sie mit dem Stein nach dem Dämon warf. Dieser schrie höllisch vor Schmerz, als er getroffen wurde. Das machte ihn jedoch nur noch zorniger.

Jetzt warf er die Frau zu Boden und stieg mit seinen kräftigen Füßen auf ihren Bauch, dann stach er mit den Krallen der Finger unzählige Male auf die vor Schmerzen schreiende Frau ein. Schließlich schnitt er ihr mit seinem dolchartigen Fortsatz am Knöchel quer über den Bauch. Bevor der Dämon sich wieder in die Lüfte erhob und für immer davon flog, packte er den geschundenen Körper der ohnmächtigen Frau und warf ihn in den Straßengraben.

Als Jenny wieder zu sich kam und vor Schock nicht bemerkte, in welchem lebensbedrohlichen Zustand sie war, sah sie den schwarzen Stein unweit von ihr entfernt im Graben liegen. Sie schleppte sich zu dem Kieselstein und umklammerte ihn ganz fest mit ihrer rechten Hand. Der magische Stein gab ihr die Kraft so lange zu überleben, bis sie die Geschichte einem zufällig vorbei kommenden Wanderer erzählen konnte. Andererseits hätte es nicht sein können, dass der Stein den Wanderer herbeigerufen hatte, damit dieser das Werk vollenden sollte?

Der Deal

„Ist das der Kieselstein?", fragte ein Schüler und deutete mit dem Finger auf den rabenschwarzen Stein mit der elfenbeinfarbenen Rune auf dem Tisch. Der Geschichtenerzähler nickte zustimmend. „Wieso haben sie ihn nicht auf das Loch in der Kreuzung gelegt?", wollte eine andere Schülerin wissen. „Ich habe natürlich versucht, das Loch mit dem Stein abzudecken, aber auch mir gelang es nicht, trotz der Kraft meiner starken Arme. Ich trage ihn so lange mit mir herum, bis ich jemanden treffe, der Manns genug ist, das Dämonenloch zu verschließen", antwortete der Fremde. Man merkte schon, dass diese Geschichte einigen Schülern, vor allem den Mädchen, an die Nieren ging. Er fügte schließlich noch hinzu: „Falls es niemandem gelingt, das Loch in der Kreuzung mit diesem Stein zu verschließen, dann wird der Dämon für immer in den Wäldern umherstreifen und nach Frauen Ausschau halten, die seine Eier ausbrüten müssen."

„Jetzt ist aber endgültig Schluss mit solchen Geschichten", sagte der Lehrer in scharfem Ton. Natürlich protestierten die Schüler immer noch. Darauf machte der Fremde folgenden Vorschlag: „Ich werde euch eine allerletzte Geschichte erzählen, aber ihr müsst mir versprechen, danach ohne Widerrede in eure Schlafsäcke zu schlüpfen."

Nachdem der Deal besiegelt war, fing der Geschichtenerzähler an zu reden. Doch schon bald kam Protest von den Zuhörern. „Ach wie ätzend", sagte der freche Andi, „Vampirgeschichten sind doch nur was für Kleinkinder." Ein anderer Schüler fügte siebengescheit hinzu: „Das weiß doch jeder, dass es keine Vampire gibt. Die hat sich doch so ein englischer Autor ausgedacht." Darauf antwortete der Fremde ganz gelassen: „Das ist zum Teil richtig. Solche Vampire sind nur Geschöpfe der Phantasie. Aber die Sage um Vlad Dracul, von der sich Bram Stoker, übrigens eine irischer Schriftsteller, hat inspirieren lassen, gibt es in Rumänien wirklich. - Die Vampire, von denen ich erzählen möchte, haben mit den Vampiren der Horrorromane und Horrorfilme nichts zu tun." Der Erzähler verspürte immer noch eine gewisse

Unzufriedenheit bei seinem Publikum und fragte deshalb in die Runde: „Habt ihr schon einmal von Vampirfledermäusen gehört?"

Darauf meldete sich zaghaft Martin, der Klassenstreber, zu Wort: „Das sind kleine Fledermäuse, die in Mittel- und Südamerika leben und nachts das Blut von Ziegen und Schafen trinken." „Bravo", sagte der Geschichtenerzähler, „du bist wahrlich ein menschliches Lexikon. - Wenn euch jedoch meine Geschichte nicht gefällt, dann werde ich euch damit nicht belästigen." Mit dieser Wendung hatten die Schüler nicht gerechnet. Sie bettelten den Fremden an, er solle doch diese eine Geschichte noch erzählen. Der Mann mit den vielen phantastischen Geschichten im Kopf vermochte nicht die vielen Bitten abzulehnen und sagte: „Ich beginne dann also noch einmal mit der Geschichte von der Ausreißerin und den Vampiren."

Die Ausreißerin und die Vampire

Neben den kleinen und für Menschen harmlosen Vampirfledermäusen in Mittel- und Südamerika leben auch heute noch etwas größere eurasische Verwandte in den unzugänglichen Wäldern von Transsilvanien. Um ehrlich zu sein, diese Art ist schon wesentlich größer. Genau genommen bringen es manche Exemplare auf eine Spannweite von zwei Metern und ein Gewicht von zwanzig Kilo. Die Bauern und Waldarbeiter in dieser Region haben selbst im einundzwanzigsten Jahrhundert noch einen gehörigen Respekt vor diesen Kreaturen.

Diese Fledermäuse jagen des Nachts und verschlafen den Tag in dunklen Höhlen, genau wie ihre kleinen Verwandten. Normalerweise saugen sie das Blut von Hirschen oder Kühen, die über Nacht auf der Weide sind. Nur in seltenen Fällen fallen sie über Menschen her. Es stimmt allerdings, dass sie den Geruch von Knoblauch nicht mögen, aber alle anderen Abwehrzauber, wie zum Beispiel Kruzifixe, sind Humbug. Es gab übrigens in Europa und Asien bis vor über tausend Jahren eine noch gigantischere Art dieser Tiere. Sie konnten Flügelspannweiten bis zu fünf Meter erreichen und ein Körpergewicht von hundert Kilogramm auf die Waage bringen. Sie wurden Drachen genannt.

Man erzählt sich, dass eine Handvoll dieser eurasischen Vampirfledermäuse vor einigen Jahren bis in unsere Gegend vorgedrungen sei. Wenn mich meine Erinnerung nicht täuscht, spielte sich das Drama in der kleinen, verträumten Stadt dort unten im Tal, gleich nach der Stelle, wo der Fluss eine scharfe Biegung nach Westen macht, ab. Es muss im späten Frühjahr gewesen sein, als die blutjunge Ausreißerin Xenia ihren väterlichen Freund, einen stadtbekannten Obdachlosen, eines Morgens leblos auf der Parkbank vorfand. Es war sicher ein furchtbarer Schreck für das Mädchen, den Mann, der sie beschützt hatte und dem sie vertraute, so kreidebleich und eiskalt auf der Bank im Stadtpark vorzufinden. Ein kleiner Trost für sie war vielleicht der friedliche Ausdruck in seinem Gesicht, so als wollte er ihr zum Abschied sagen: „Ich bin glücklich, diese Welt endliche verlassen zu dürfen."

Den herbeigerufenen Polizisten interessierte der Fall wenig bis gar nicht. Ein Notarzt stellte im Vorbeigehen, ohne die Leiche näher untersucht zu haben, den Totenschein mit der standardisierten Begründung „Herzversagen" aus. Danach ließ die Parkverwaltung den Leichnam schnell und ohne Aufsehen abtransportieren. Es handelte sich eben nur um einen Stadtstreicher. Für manche war ein toter Obdachloser sowieso der bessere Obdachlose. Tags darauf entdeckten Spaziergänger eine tote Pennerin zu Füßen der Ruine der alten Stadtmauer. Und auch diese Leiche wurde still und ohne Aufsehen entsorgt.

Zwei Nächte später machte sich kurz vor vier Uhr in der Früh ein betrunkener Zecher auf den Heimweg. Er war aber nicht allein unterwegs. Lautlos folgten ihm unheimliche Wesen der Finsternis hoch am nächtlichen Himmel. Auf der alten Brücke landete eines dieser fliegenden Ungeheuer auf seiner Schulter und bohrte seine spitzen Zähne blitzschnell in den Hals des Mannes, worauf hin dieser stolperte und mit dem Bierbauch voraus auf die Straße plumpste und alle viere von sich streckte. Diese gute Gelegenheit nutzte die zweite

Vampirfledermaus und zapfte das Blut aus einer seiner Waden. Aber plötzlich schrien die Tiere laut auf und würgten das getrunken Blut wieder hervor.

Es hatte den Anschein, als wäre den Fledermäusen der Alkohol in seinem Blut nicht gut bekommen. Der Zecher rief mit seinem Handy die Eins-Eins-Null, doch der Beamte in der Notrufzentrale hielt die haarsträubende Beschreibung des Vorfalls zuerst für einen schlechten Scherz eines Betrunkenen, schickte aber vorsichtshalber eine Streife zu der Brücke. Die Polizisten sahen, dass die Bisswunden an dem Mann real waren und zufällig fanden sie unter der Brücke einen toten Obdachlosen, der ähnliche Bisswunden aufwies.

Daraufhin stellte die Kripo eine Mordkommission zusammen. Erstmals wurden die Toten pathologisch untersucht. Der Gerichtsmediziner staunte nicht schlecht, als er feststellen musste, dass die Getöteten kaum noch Blut im Körper hatten. Der Leiter der Mordkommission, die jetzt spöttisch SOKO Vampir genannt wurde, vermutete, dass nur Satanisten als Täter infrage kämen.

Diese These hatte nur einen kleinen Haken, es gab in der Stadt überhaupt keine satanische Szene.

Die eingangs erwähnte Streunerin namens Xenia, ihre wohlhabenden Eltern liebten außergewöhnliche Vornamen, hatte einen heimlichen Verehrer. Ludwig hieß er und war Lehrling in einem Supermarkt. Xenia war erst sechzehn und von Zuhause ausgerissen. Sie war durchaus ein schwieriger Charakter, was sich schon rein äußerlich kundtat. Sie liebte es, ihre nackenlangen, schwarzen Haare in fettigen Strähnen kreuz und quer zu tragen. An den Augenbrauen und in der Zunge trug sie ein silbernes Piercing. Ihre dunkelbraunen Augen hatte sie mit einem dunklen Liedschatten noch verstärkt. An den Ohren hingen Ringe mit einem silbernen Kreuz daran, auch um den Hals hing eine Kette mit einem Amulett des ägyptischen Gottes Ra.

Ihren zierlichen Oberkörper bedeckte eine schwarze Lederjacke mit Fransen und silbernen Knöpfen, darunter ein dunkelblaues T-Shirt mit einer leuchtend roten Teufelsfratze. Des Weiteren trug sie eine eng anliegende Hose aus schwarzem Leder an ihren schlanken, langen

Beinen. Die Füße steckten in schwarzen Lederstiefeletten mit silbernen Schnallen. An den Fingern hatte sie einige Ringe, wobei der am Mittelfinger der linken Hand mit seinem Totenkopf besonders auffiel. Normalerweise redete sie nicht und wenn doch, dann entkamen ihren violett gefärbten Lippen meist nur Beleidigungen.

Ludwig war im Grunde genommen das genaue Gegenteil. Er war immer freundlich und anständig bürgerlich gekleidet. Von Statur war er nicht besonders kräftig und etwas kleiner als Xenia. Er hatte blaue Augen und kurze blonde Haare. Es war unerklärlich, weshalb gerade er sich in diesen schrägen Vogel verknallt hatte. Schon als er sie das erste Mal bei den Abfallcontainern auf dem Hinterhof des Supermarktes sah, war er hin und weg. Das Mädchen ahnte mit ziemlicher Sicherheit nichts von den Gefühlen, die Ludwig für sie hegte. Sie war so sehr mit den Abfallbehältern beschäftigt, dass sie ihn überhaupt nicht beachtete.

An diesem Nachmittag glaubte Ludwig, etwas Ungewöhnliches an Xenia zu beobachten. Sie war wacklig auf den Beinen, musste sich immer wieder am

Containerrand festhalten, und ihre Gesichtsfarbe war noch blasser als sonst. Der Junge spürte innerlich, dass das Mädchen seiner Hilfe bedurfte. Er sammelte also allen Mut, den er finden konnte, zusammen und ging zu ihr hinüber. Er traute sich sogar sie anzusprechen und sagte: „Kann ich dir helfen?"

Sie hatte scheinbar nicht bemerkt, dass er auf sie zugegangen war und erschrak im ersten Moment. Dann drehte sie sich um und sagte in ihrer bekannten unliebenswürdigen Art: „Verpiss dich Kleiner, ich habe dich nicht gerufen." Aber Ludwig ließ sich nicht abwimmeln und fragte: „Du siehst gar nicht gut aus, bist du krank?" Sie antwortete: „Du Heini siehst selbst beschissen aus. Hau ab und nerv mich nicht länger." Ludwig fühlte sich jetzt etwas beleidigt und missverstanden. Er drehte sich wortlos um und ging zurück zum Supermarkt.

Auf einmal rief sie ihm in einem mädchenhaft bittenden Tonfall nach: „He Heini, kannst du mir ne Flasche Wodka besorgen?" Ludwig drehte sich um, überlegte eine Weile, und sagte dann: „Ich heiße nicht

Heini. Mein Name ist Ludwig. Wodka kann ich dir nicht bringen, weil du noch keine Achtzehn bist. Außerdem solltest du in deinem Zustand keinen Alkohol trinken."
Xenia liebte es Leute zu ärgern, bis hin zur Weißglut, und erwiderte mit voller Absicht: „Reg dich nicht auf Heini. Woher willst du denn wissen, wie alt ich bin? Und überhaupt, was in meinem Zustand gut für mich ist, das entscheide immer noch ich und nicht so ein Milchbubi, wie du. Also was ist jetzt, bekomm ich den Wodka?"
Ludwig war derart von dem Mädchen eingenommen, dass er, seine Lehrstelle aufs Spiel setzend, heimlich eine Flasche Wodka aus dem Regal entwendete, um sie schließlich Xenia zu schenken. Aber der Dienst brachte ihm nicht einmal ein Dankeschön ein.

Am nächsten Tag rannte Ludwig jede freie Minute zu den Abfallcontainern auf den Hinterhof, aber die Ausreißerin sah er nicht. Am Tag darauf war sie etwa eine Stunde vor Ladenschluss wieder bei den Containern zugange. Leichter Landregen hatte den Staub von den Abfalltonnen gewischt und den Asphalt des Hofs in ein dunkles Grau verwandelt. Nach Ludwigs Einschätzung war die Streunerin in einem noch erbärmlicheren

Zustand als vorgestern. Sie konnte sich kaum noch auf den Beinen halten und alle unbedeckten Hautpartien wirkten noch blasser, ja schon fast kreideweiß.

Ludwig traute sich wieder zu ihr hinüber zu gehen und sie zu fragen, ob sie denn krank sei. Eine bereits erheblich geschwächte Stimme antwortet nur: „Mann Heini, du gehst mir auf den Sack mit deiner blöden Fragerei. Geh einfach in deinen scheiß Laden und lass mich in Ruhe." Ludwig ließ sich diesmal aber nicht abschieben. Er hatte das untrügliche Gefühl, dass sie diese Nacht nicht überlebte, wenn er nicht eingreifen würde. Also bot er ihr an: „Du kannst gern bei mir daheim übernachten." Worauf sie nur abfällig meinte: „Ha! Hab ich's doch geahnt, dass du ein kleiner Perversling bist. Du willst nur mit mir in die Kiste steigen, wie die anderen Idioten auch."

Ludwigs Gesicht lief jetzt rot an vor Scham. Er würde ihren Zustand niemals ausnützen, wenngleich er später einmal gern mit ihr in die Kiste steigen würde, wie sie es auszudrücken pflegte. Der Auszubildende fasste sogleich einen Plan. Er tat so, als ginge er zurück in den

Supermarkt, aber in Wirklichkeit versteckte er sich hinter einigen leeren Obstkisten und beobachtet das Mädchen. Diese wankte bald, mit einer prall gefüllten Plastiktüte in jeder Hand, hinaus auf die Straße, als wäre sie betrunken. Ludwig folgte ihr unauffällig, so wie er es in unzähligen Kriminalfilmen gelernt hatte.

Die Streunerin nahm den Weg, der stadtauswärts zu dem alten Industriegelände führte. In dem maroden Zaun um das Areal waren genügend Schlupflöcher, aber auch reichlich Warntafeln mit der Aufschrift: „Lebensgefahr! Betreten verboten!" Ludwig achtete darauf, genügend Abstand zu halten. Von der Ferne sah er, wie seine Angebetete sich durch eines dieser Schlupflöcher zwängte und in der Ruine einer Werkshalle verschwand. Er wartete noch fünf Minuten, dann folge er ihr in das Gebäude.

Die meisten Fensterscheiben in dem alten Bauwerk waren bereits eingeworfen worden und tausende von Glassplittern bedeckten den staubigen Betonboden. Erstaunlicherweise roch es in diesem ehemaligen Betriebsgebäude aus rostigem Stahl, Glas und Beton immer noch nach Metallverarbeitung und nach altem Schmieröl.

Mittlerweile war es draußen dunkel geworden, und nur das Streulicht einer Straßenlaterne erhellte notdürftig das Innere der Halle. Wie sollte er das Mädchen unter all den Plastikplanen, alten Holzpaletten und rostigen Maschinen nur finden. Zu allem Unglück hatte er auch das Gefühl, beobachtet zu werden. Irgendetwas oder jemand war hier noch mit im Raum. Dann sah er sie. Im Schein einer flackernden Kerze saß sie in einer Art Höhle, die sie vermutlich selbst aus Paletten und Planen zusammengestellt hatte.

Doch was bewegte sich dort zu ihren Füßen? Das mussten Tiere sein, grau wie eine Maus und mit häutigen Flügeln. Sie waren etwa so groß wie ein ausgewachsener Uhu. Eines der Tiere drehte seinen Kopf zur Seite und Ludwig konnte schwarze Augen und eine fledermausartige Schnauze erkennen. Von Weitem entstand der Eindruck, als hätte das zweite Tier seine scharfen Zähne in das zarte Fleisch der Wade des

Mädchens versenkt. Er konnte genau erkennen, wie es mit Genuss das Blut seines Opfers trank.

Ludwig schnappte sich eine Eisenstange, die zufällig vor ihm auf dem Boden lag, und stürmte schreiend auf die bedrohlich wirkenden Tiere zu. Diese waren von dem Angriff sichtlich überrascht und flatterten in Richtung Hallendecke davon. Der Junge warf sich schützend auf das Mädchen. Dabei berührte er aus Versehen mit seinen Lippen ihre Lippen. Worauf sie in ihrer bekannt freundlichen Art schrie, so laut sie in ihrem schwachen Zustand schreien konnte: „Hey, du Arsch. Du spinnst wohl."

Ludwig wurde überaus verlegen und entschuldigte sich vielmals für die Berührung. Sein Gesicht war schon wieder rot vor Scham und fühlte sich heiß an, wie Fieber. Sie konnte jedoch nicht umhin, noch eine Beleidigung hinterher zu schieben: „Das nächste Mal steckst du mir deinen Pimmel rein und behauptest: 'Oh, tut mir leid, war ein Versehen'. - Was machst du überhaupt hier? Spionierst du mir nach? Ich glaube, du bist ein gottverdammter Stalker." Ludwig war zwar wieder ein wenig beleidigt, aber Liebe macht scheinbar taub und blind. Er setzte sich einige Meter entfernt auf eine alte Palette und sagte: „Ich möchte dich nur beschützen. Ich geh hier nicht weg."

Nach wenigen Minuten der Ruhe kamen die Blut saugenden Fledermäuse wieder zurück und machten sich über die Beine des Mädchens her. Es war seltsam, aber es schien sie überhaupt nicht zu stören. Es sah fast so aus, als würde sie die Blutmahlzeit provozieren. Ludwig überlegte, was zu tun wäre. Wie könnte er diese Tiere verscheuchen? Leider hatte er es versäumt, Knoblauch einzustecken. Wie würden diese Geschöpfe der Nacht auf Licht reagieren? „Man sollte es ausprobieren", dachte er bei sich, kramte sein Handy aus der Hosentasche und knipste ein Blitzlichtfoto von den Kreaturen.

Tatsächlich flogen die Fledermäuse auf der Stelle davon. Man konnte sogar einen dumpfen Schlag an das Glasdach der Halle vernehmen. Scheinbar hatte sie das Blitzlicht derart irritiert, dass sie für einen Moment die Orientierung verloren. Xenia missfiel diese Aktion, sie schimpfte: „Mann Heini, hau endlich ab! Die Vampire sind meine Freunde. Geht das nicht in deinen behämmerten Schädel?" Nun legte auch Ludwig seinen Standpunkt dar: „Du bist bescheuert. Du stirbst, wenn die dich noch mehr aussaugen. Das werde ich nicht zulassen!"

„Ich will, dass sie mich aussaugen", sagte sie, „dann werde ich auch ein unsterblicher Vampir. Und dann fliege ich mit ihnen zur Burg von Graf Drakula, und wenn ich Glück habe, werde ich sogar seine Braut." „Wie kann man nur so naiv sein?", dachte sich Ludwig und er versuchte, ihr zu erklären: „Das sind keine Vampire. Vampire gibt es nicht. Das hier sind nur seltene, Blut saugende Fledermäuse. Falls die heute Nacht weiter an dir saugen, dann bist du morgen Früh tot, und zwar nur tot, nichts weiter. Du wirst garantiert kein Vampir und mit Sicherheit nicht die Braut von Graf Drakula, diesem Phantasiegebilde." Sie aber war, wie zu erwarten, unbelehrbar. Nach einem kräftigen Schluck aus der Wodkaflasche drehte sie sich um und tat so, als würde sie schlafen.

„Ich darf nicht einschlafen", sagte sich Ludwig immer und immer wieder, aber von Minute zu Minute wurde sein Kampf gegen den Schlaf schwieriger und aussichtsloser. Irgendwann um Mittenacht übermannte ihn die Müdigkeit und er schlief ein. Später in der Nacht wachte er auf, weil er einen brennenden Schmerz in seiner linken Wade spürte. Er öffnete die Augen und was er sah, war extrem beunruhigend.

Zu seinen Füßen saßen zwei dieser saugenden Ungeheuer und labten sich an seinem Blut. Eine dritte Fledermaus setzte sich auf seine Brust und versuchte Blut aus seinem Hals zu trinken. Als er sich wehren wollte, merkte er erst, was geschah, während er schlief. Seine Hände waren an eine stählerne Säule gefesselt und seine Füße mit einem Klebeband zusammengebunden. Er bemühte sich zu der Höhle des Mädchens umzudrehen und sah, dass sie sich splitternackt ausgezogen hatte, vermutlich um für die vermeintlichen Vampire attraktiver zu sein.

Sie muss es gewesen sein, die ihn, während er schlief, gefesselt hatte und seine Unterschenkel zur Mahlzeit frei legte. Als er wieder zu Xenia hinüber sah, fiel ihm die am Boden liegende, leere Wodkaflasche auf. Jetzt war ihm auch klar, weshalb die Fledermäuse das Angebot dort drüben verschmähten. Das oberste Gebot der Stunde war nun sich selbst zu retten. Er zerrte an seiner Handfessel und zappelte mit den Beinen, wie er nur konnte. Siehe da, der Strick um den Pfosten löste sich. Endlich gelang es ihm, die Fesseln los zu werden. Mit dem Blitzlicht seines Handys verscheuchte er die Blutsauger für einen Moment.

Er lief fast blind und mit der Angst im Nacken, jeder Zeit einem Angriff der Monster ausgesetzt zu sein, zum Ausgang der Werksruine. In der Dunkelheit stolperte er über einen rostigen Stahlträger, der quer über seinen Fluchtweg lag. Dabei prellte er das linke Knie und eine Glasscherbe bohrte sich den Ballen seiner rechten Hand. Den langen Weg nachhause rannte er trotz eines schmerzenden Knies, ausdauernd wie ein Marathonläufer, ohne sich noch einmal umzuschauen. Daheim verkroch er sich unter seine Bettdecke, wo er erst bei Tageslicht wieder hervor kam.

An diesem Tag meldete er sich krank und verließ vor Angst das Haus nicht. Tags darauf hatte sich seine Furcht vor den Vampirfledermäusen etwas gelegt, und er fuhr mit seinem Fahrrad zu jener alten Werkshalle, noch bevor er zur Arbeit in den Supermarkt ging. Die Sorge um die kleine Ausreißerin trieb ihn dahin zurück. Er durchsuchte das baufällige Gebäude, welches bei Tageslicht weit weniger unheimlich wirkte, als noch vorletzte Nacht, von vorne bis hinten. In jeden verborgenen Winkel warf er einen Blick, unter jeder Plane schaute er nach, aber von Xenia war keine Spur zu sehen.

Noch bis in den Herbst hinein wartete er Abend für Abend bei den Containern auf die Ausreißerin, aber sie kam nicht wieder. Bis Halloween hatte er das Erlebnis so weit verarbeitet, dass er über verkleidete Vampire wieder lachen konnte. Jedoch noch Jahre später, er war jetzt Marktleiter, musste er an das Mädchen im schwarzen Outfit und mit den strähnigen Haaren denken. Was war wohl aus ihr geworden? War sie inzwischen eine brave Hausfrau und hatte selbst Kinder oder vermoderten ihre Beine irgendwo in einem dunklen Kellerloch?

Ein nebulöser Abgang

„Ich bin mir sicher, dass das Mädchen überlebt hat", sagte eine Schülerin aus voller Überzeugung. „Was wurde denn aus den Vampirfledermäusen?", fragte eine andere Schülerin. „Seit jener Nacht hat keine Menschenseele die Blutsauger je wieder in dieser Gegend gesichtet", antwortete der Fremde, „die einen behauten, sie seien zurück nach Transsilvanien geflogen, die anderen sagen, sie lebten immer noch verborgen hier in der Gegend." Dann gab er den Schülern den guten Rat ihre Zelte zu verschließen, denn die Blut saugenden Tiere könnten immer noch in der Nähe sein.

Aus dem Tal hallte der metallene Klang der Kirchturmglocke durch die Nacht bis hinauf zum Zeltplatz. Das Lagerfeuer war längst abgebrannt, bis auf wenige glühende Holzscheite. Der Gesang der Grillen und Heuschrecken war lange schon verstummt. Nicht einmal der klagende Ruf eines Kauzes störte die Stille dieser Sommernacht. Der Geschichtenerzähler setzte seinen Hut auf, erhob sich von seinem Platz und ging wortlos in

Richtung Wiese, die in das Flusstal hinab führte. Weiße Nebelschwaden zogen herauf vom Tal und der Fremde ging direkt in den Nebel hinein. Die Schüler und auch die Lehrer starrten gebannt auf den Fremden. Die Umrisse des Mannes wurden mit jedem Schritt, den er sich von dem Lagerplatz in Richtung Nebel entfernte, immer verschwommener. Beim zwölften Schlag der Glocke verschwand der Fremde spurlos, als wäre er eins mit dem Dunst der Nebelbank geworden. Man konnte auch keine Schritte mehr hören. Der Geschichtenerzähler war scheinbar aus dem Nichts gekommen und in das Nichts gegangen. Die Schüler taten dann, was sie versprochen hatten, sie schlüpften in ihre Schlafsäcke.

Am darauf folgenden Morgen, die Kinder schliefen schlecht bis gar nicht in dieser Nacht, entstanden Zweifel, ob der Geschichtenerzähler am Lagerfeuer gestern Abend real war oder vielleicht nur eine kollektive Einbildung. Da entdeckte ein Mädchen beim Abräumen der Tische einen rabenschwarzen Kieselstein mit einer elfenbeinfarbigen Zeichnung, die Ähnlichkeit mit einer altgermanischen Rune hatte.

Ende der Geschichte

Der Autor und seine Werke

Ausbildung, Berufung

Diplom Ingenieur der technischen Physik;
Entwicklungsingenieur für Software;
Netzwerkadministrator;
Applikationsmanager für EMV Kreditkarten;
Freischaffender Autor;

Wie ich wurde, was ich bin

Mein Lebensweg begann im Frühling des Jahres 1957 auf einem kleinen Bauernhof in Arlesried, bayerisch Schwaben. So nach und nach gesellten sich noch drei weitere Geschwister zu unserer glücklichen Familie. Nach dem Fachabitur und dem Grundwehrdienst studierte ich in München technische Physik.

Danach verdiente ich mein Geld damit, tausende von Seiten in einer seltsamen, fremdartigen Sprache zu schreiben. Ich wurde Entwicklungsingenieur für Software. Die letzten achtzehn Jahre, bevor ich meine schriftstellerische Leidenschaft wieder entdeckte, war ich Experte für Kreditkarten in einem namhaften Münchner

Unternehmen (bis 2014). Auch dort zählte das Schreiben von technischen Dokumenten zu meinen Hauptaufgaben. Meinen letzten Lebensabschnitt möchte ich nun der schreibenden Kunst widmen.

Die besten Ideen fliegen mir bei langen Waldspaziergängen, oder in der Badewanne zu. Ich mag meine Heimat, das Unterallgäu, und dort ganz besonders mein Zuhause. Neben Natur und Katzen gilt mein Interesse auch der regionalen Geschichte, und so haben meine Werke oft einen Bezug zur Heimat und ihrer Vergangenheit.

Homepage

Schauen Sie doch auch einmal auf meine Homepage! Dort erfahren sie mehr über meine neuesten Aktivitäten.

www.reini-g.eu

Bisher veröffentlichte Werke

Rinaldo in der Unterwelt
ISBN 978-3-73472-513-5

Kurzgeschichte Nummer eins behandelt die Ängste eines kleinen Mannes in einer unübersichtlichen Unterführung.

In Kurzgeschichte zwei wird das Schicksal eines Mannes erzählt, der zu Unrecht der Vergewaltigung verdächtigt wird.

Ein Kurzkrimi dreht sich um die Auflösung eines Mordfalles auf dem Land.

Fünf Tage bis Nikolaus
ISBN 978-3-73860-130-5

Die erste Geschichte handelt von einem Frührentner mit Migrationshintergrund, der von der Stadt als Nikolausdarsteller bestellt wurde. Wenige Tage vor Sankt Nikolaus muss er feststellen, dass sein künstlicher Bart nicht mehr zu finden ist. Die Suche nach einem Ersatzbart gestaltet sich schwierig.

In Erzählung zwei wird Kater Siegfried ausgesperrt und erlebt Abenteuer in der kalten Winternacht, bis er vom Nikolaus gerettet wird. Er ärgert Spatzen am Futterhäuschen, muss ich vor einem hungrigen Fuchs in Sicherheit bringen und kämpft gegen eine Rattenbande.

Die Protagonisten der dritten Geschichte, sind ein seltsames Münchner Paar, das am ersten Adventsamstag auf der Suche nach einem Rentierschlitten ist. Humorvoll wird die Jagd nach einem bestimmten weihnachtlichen Dekorationsartikel beschrieben.

Erzählung Nummer vier behandelt die Sage, dass in der Heiligen Nacht die Tiere sprechen können. Ein sechsjähriger wird von seiner Mutter in der Heiligen Nacht zu den Tieren in den Stall begleitet. Nur das Kind kann tatsächlich mit Hund, Katze, Kuh und Schwein sprechen. Nebenbei wird das Leben auf einem schwäbischen Bauernhof an Heilig Abend im Jahre 1963 beschrieben.

Und in Geschichte fünf muss der kleine Daniel einen Christbaum besorgen. Der möchte aber das Geld lieber für Spielsachen ausgeben und plant deshalb einen Christbaum aus dem Wald zu stehlen. Dabei verirrt er sich und droht in der Wildnis zu erfrieren. Glücklicherweise wird er vom Besitzer des gestohlenen Baumes gerettet.

Am Ende des Buches wird die Geschichte vom Brotkaspar erzählt. Hier handelt es sich um eine Geschichte, die zum Teil authentische Züge trägt und in den zwanziger Jahren des zwanzigsten Jahrhunderts spielt. Ein armer alter Knecht namens Kaspar verdient sich ein paar Mark dazu, indem er Brote von einem Dorf zum anderen transportiert. Am Nikolaustag gerät er in einen Schneesturm und bricht ohnmächtig zusammen. Ein magischer Schlitten, den ein gewisser Ruprecht lenkt, rettet ihm das Leben.